4 惑《わく》星《せい》ニビルとシュメール人《じん》

セカイの千怪奇《せんかいき》

SEKAI NO SENKAIKI

木滝りま　太田守信・作
イノオカ・絵
先崎真琴・キャラクター原案

世界《せかい》は、千々《ちぢ》の怪奇《かいき》にあふれ、
科学《かがく》では説明《せつめい》できない現象《げんしょう》がおきている。
その真実《しんじつ》を、人類《じんるい》は未《いま》だ知《し》り得《え》ない。

もくじ

世開《せかい》　未知人《みちと》

中学《ちゅうがく》1年の12歳《さい》。父《ちち》・世開《せかい》 豪《ごう》、チンチラのチラとともに世界中《せかいじゅう》の怪《かい》奇現象《きげんしょう》を調《しら》べながら母《はは》・結《ゆい》の行方《ゆくえ》を追《お》う。端整《たんせい》な顔《かお》だちだが、身《み》だしなみには無頓着《むとんちゃく》。クラスではオカルト好《ず》きなためか変人《へんじん》とよばれている。

登《とう》場《じょう》人《じん》物《ぶつ》

世開《せかい》 豪《ごう》

未知人《みちと》の父《ちち》。元《もと》は大学教授《だいがくきょうじゅ》で考古学者《こうこがくしゃ》。現在《げんざい》はオカルト動画配信《どうがはいしん》サイト「オーチューブ」で未知人《みちと》と共《とも》に「セカイの千怪《せんかい》奇《き》ちゃんねる」として活動《かつどう》。寒《さむ》いギャグをよくいう。

天堂《てんどう》 マコ

中学1年の12歳《さい》。未知人《みちと》とは保育園《ほいくえん》のころからのつきあいで、小《しょう》・中学校《ちゅうがっこう》も同《おな》じ。合気道部《あいきどうぶ》と弁論《べんろん》部《ぶ》に所属《しょぞく》。しっかり者《もの》のパワーガール。

チラ

キリストの墓《はか》で出会《であ》ったチンチラ。名付《なづ》け親《おや》は豪《ごう》。普通《ふつう》のチンチラらしくない不思議《ふしぎ》な行動《こうどう》が多《おお》く、豪《ごう》の寒《さむ》いギャグが大好《だいす》き。

アンナ・フィッツジェラルド

怪奇現象《かいきげんしょう》をネタにする12歳《さい》のオーチューバー。フィッツジェラルド家《け》の財《ざい》力《りょく》を使《つか》って、執事《しつじ》のアーサーと共《とも》に世界中《せかいじゅう》で動画《どうが》を撮影《さつえい》している。オカルトを否定《ひてい》しており、オカルトを信《しん》じる未知人《みちと》とは犬猿《けんえん》の仲《なか》。

幻《げん》

未知人《みちと》たちの前《まえ》に立《た》ち塞《ふさ》がる謎《なぞ》の存在《そんざい》。この世《よ》のものではないような美《うつく》しい顔立《かおだ》ちをしている。超常的《ちょうじょうてき》な力《ちから》を持《も》ち、たびたび『神《かみ》』という存在《そんざい》を口《くち》にする。

3 アナベル人形《にんぎょう》の呪《のろ》い
アメリカ合衆国《がっしゅうこく》
5 千貫森《せんがんもり》の怪《かい》
日本《にほん》
4 ドッペルゲンガー、旅《たび》をする
世界《せかい》
日付変更線《ひづけへんこうせん》

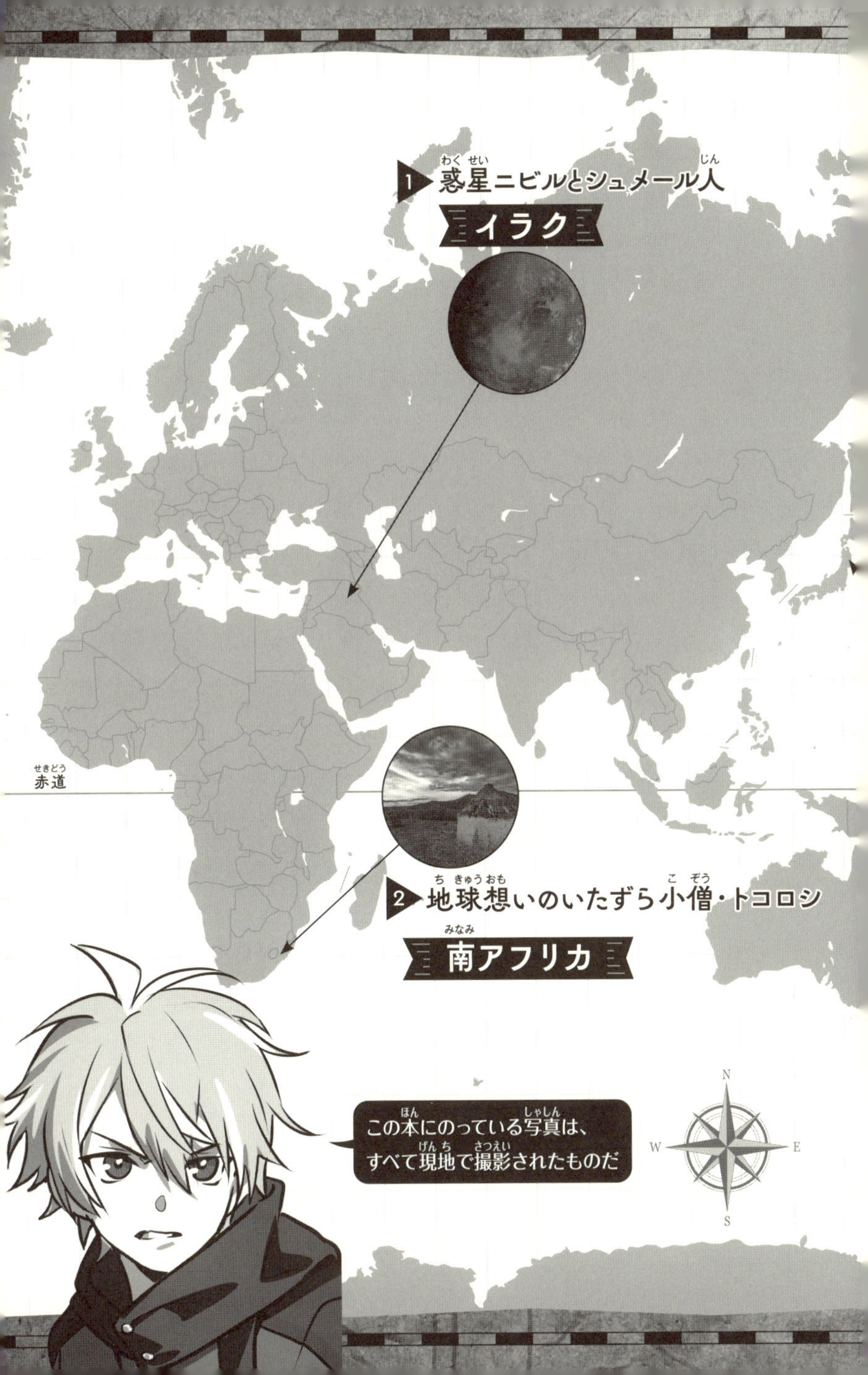
1 惑星《わくせい》ニビルとシュメール人《じん》
イラク
2 地《ち》球《きゅう》想《おも》いのいたずら小僧《こぞう》・トコロシ
南《みなみ》アフリカ
赤道《せきどう》
この本《ほん》にのっている写真《しゃしん》は、
すべて現地《げんち》で撮影《さつえい》されたものだ
N
W
E
S

プロローグ

　久《ひさ》しぶりに登校《とうこう》した**未知人**《みちと》は授業中《じゅぎょうちゅう》、窓《まど》の外《そと》の青空をぼんやりとみつめながら考《かんが》え事《ごと》をしていた。**父**《ちち》・**豪**《ごう》は、自分《じぶん》になにか隠《かく》し事《ごと》をしているのではないだろうか。

　先日、アメリカにあるジョージア・ガイドストーンの跡地《あとち》にいったときにわいてきた疑問《ぎもん》だ。謎《なぞ》の大富豪《だいふごう》で豪《ごう》のオーチューブチャンネルの**スポンサー・ゲイト**氏《し》にも何《なに》か巨大《きょだい》な秘密《ひみつ》があるように思《おも》われる。

　なんだか、自分《じぶん》だけが蚊帳《かや》の外《そと》にされているみたいで気分《きぶん》が悪《わる》い。

「くそっ！」

　むしゃくしゃした未知人《みちと》は机《つくえ》を拳《こぶし》でたたきながら、つい声《こえ》にだしてしまう。

　すると教室中《きょうしつじゅう》の視線《しせん》が一斉《いっせい》に未知人《みちと》に集《あつ》まった。

「世開《せかい》くん。先生の授業《じゅぎょう》になにか不満《ふまん》でもあるのですか？」

　教師《きょうし》から名指《なざ》しされると、未知人《みちと》はハッとして我《われ》にかえった。

「す、すいません。……なんでもありません」

未知人《みちと》が謝《あやま》ると、クラスメイトたちからクスクスと笑《わら》いがおこった。

そして教師《きょうし》は厳《きび》しい顔《かお》つきで黒板《こくばん》に計算式《けいさんしき》を書《か》いた。

「では前《まえ》にでてきてこの問題《もんだい》を解《と》いてください。きちんと授業《じゅぎょう》をきいていたら簡単《かんたん》なはずですよ」

未知人《みちと》はゆっくり立ちあがり、黒板《こくばん》の前《まえ》に立つ。そしてチョークで黒板《こくばん》にカリカリと書《か》きこんでいく。途中《とちゅう》で後《うし》ろから再《ふたた》び笑《わら》い声《ごえ》がきこえたので、どこかに間違《まちが》いがあったのだろうとは思《おも》ったが、書《か》き直《なお》すのも面倒《めんどう》だったので、一応最後《いちおうさいご》まで書《か》き、席《せき》に戻《もど》った。

すると教師《きょうし》は何《なに》もいわずに赤のチョークでバツをつけてふりかえる。

「テストじゃなくて良《よ》かったですね。天堂《てんどう》さん、世開《せかい》くんに正解《せいかい》を教《おし》えてあげてください」

「はい」

マコは颯爽《さっそう》と前《まえ》へでていって、サラサラと答《こた》えを書《か》きこんでいく。

すると教師《きょうし》は赤のチョークで大きなマルをつけた。

「ありがとう。いいですか、世開《せかい》くん。ただでさえキミはあまり学校にこれていないんですから、せめてきたときくらいは集中《しゅうちゅう》するように」

「……はい」

未知人《みちと》は少《すこ》しはずかしそうにしながら答《こた》える。

そして授業《じゅぎょう》は再開《さいかい》するが、それからも未知人《みちと》の頭《あたま》の中で父《ちち》への疑念《ぎねん》がきえることはなかった。

キーンコーンカーンコーン。

チャイムが鳴《な》り、休み時間《じかん》になると、マコが未知人《みちと》の席《せき》にやってきた。

「どうしたの、ボーっとしちゃって。あんな問題《もんだい》を未知人《みちと》が間違《まちが》えるなんて、らしくないじゃない」

「ほっといてくれよ」

未知人《みちと》はぶっきらぼうに返事《へんじ》をする。

だが、お節介焼《せっかいや》きのマコが放《ほう》っておくわけはない。

「なにか悩《なや》んでることがあるんだったらきくけど?」

いくらマコでも、本当《ほんとう》にきかれたくないようなときには、こんないい方《かた》はしてこない。未知人《みちと》には何《なに》をどう見分《みわ》けているのかわからなかったが、マコにはなぜか見透《みす》かされてしまう。

まるで超能力《ちょうのうりょく》のようだ、と未知人《みちと》はあきれた。こうなると、もう喋《しゃべ》ってしまったほうが早い。

「実《じつ》は、どうも父《とう》さんがオレに重大《じゅうだい》な隠《かく》し事《ごと》をしているみたいなんだ」

「なーんだ、そんなこと」

マコは大したことないようなリアクションをみせた。

それに未知人《みちと》は少々苛立《しょうしょういらだ》っていいかえす。

「そんなことって何《なん》だよ、こっちは真剣《しんけん》に悩《なや》んでるのに」

「だって。家族《かぞく》にも知《し》られたくない隠《かく》し事《ごと》のひとつやふたつ、あるものじゃない」

「でも父《とう》さんとオレはオーチューブチャンネルのパートナーでもあるし、母《かあ》さんを探《さが》すっていう大事《だいじ》な目的《もくてき》も共有《きょうゆう》してるんだから——」

するとマコはズイッと未知人《みちと》に顔《かお》を近《ちか》づけて、右手の人差《ひとさ》し指《ゆび》を立てた。

「だからこそよ。未知人《みちと》のお父《とう》さん、必要《ひつよう》なことはいつもちゃんと話《はな》してくれるんでしょう？　だからそんなお父《とう》さんが隠《かく》してるってことは、話《はな》す必要《ひつよう》がないか、未知人《みちと》のためを思《おも》って話《はな》していないかだと思《おも》うの」

「それは、そうかもしれないけど……」

マコにこのようにいわれると、どうも不思議《ふしぎ》と説得力《せっとくりょく》が感《かん》じられる。

未知人《みちと》はまだイマイチ釈然《しゃくぜん》としないものの、さっきまでの苛立《いらだ》たしさは静《しず》まっていった。

「きっと、必要《ひつよう》なときがくれば話《はな》してくれるって」

「……そうだといいんだけどな」

キーンコーンカーンコーン。

「ほら、休み時間《じかん》はおわりだよ。次《つぎ》の授業《じゅぎょう》は集中《しゅうちゅう》してなきゃダメだからね！」

そういって、マコは自分《じぶん》の席《せき》に戻《もど》っていった。

未知人《みちと》は次《つぎ》の授業《じゅぎょう》でも問題《もんだい》を解《と》くよう当《あ》てられたが、今度《こんど》はバッチリ正解《せいかい》した。

そして、ふとマコをみると、ウィンクがとんできたのだった。

1

惑《わく》星《せい》ニビルとシュメール人《じん》

イラク

《ニビルにいくな。いけば〝死《し》〟しかない》

2019年、教皇《きょうこう》フランシスコと、バチカン国務長官《こくむちょうかん》のピエトロ・パロリンは、ときの大統領《だいとうりょう》だったトランプに、こんな手紙《てがみ》を書《か》きおくった。

この年の前年末《ぜんねんまつ》、トランプは、アメリカ合衆国《がっしゅうこく》の6番目《ばんめ》の軍隊《ぐんたい》として『宇宙《うちゅう》軍《ぐん》』を創設《そうせつ》した。

トランプが宇宙軍《うちゅうぐん》で、ニビルの探査《たんさ》を行《おこな》おうとしていることに気づいたバチカンからの、これは、警告文《けいこくぶん》ともいえる手紙《てがみ》だった。

しかし、『ニビル』とは、そもそも、いったい何《なん》なのか？

『ニビル』のことが書《か》かれた文献《ぶんけん》は、はるか昔《むかし》に存在《そんざい》した。

紀元前《きげんぜん》3800年頃《ねんごろ》、メソポタミア地方《ちほう》の南部《なんぶ》、チグリス・ユーフラテス川の流域《りゅういき》には、世界最古《せかいさいこ》といわれるシュメール文明《ぶんめい》が栄《さか》えていた。

この文明《ぶんめい》には、いろいろとナゾが多《おお》い。

シュメール人《じん》は、人類最初《じんるいさいしょ》の都市国家《としこっか》を作《つく》ったといわれている。

くさび形文字《がたもじ》を使《つか》い、白内障《はくないしょう》や脳《のう》の手術《しゅじゅつ》までおこなっていた。

壁画《へきが》などに描《か》かれたシュメール人《じん》は、異様《いよう》に目が大きく、人間離《にんげんばな》れした外観《がいかん》をもっている。

それゆえ、「異星人《いせいじん》だったのではないか？」という説《せつ》もささやかれている。

事実《じじつ》、シュメールの神話《しんわ》には、こんな記述《きじゅつ》があったのだ。


《ニビルという星《ほし》からきたアヌンナキが人類《じんるい》を創《つく》り、地球《ちきゅう》に文明《ぶんめい》をおこした》

そして、突如《とつじょ》として現《あらわ》れ、高度《こうど》な文明《ぶんめい》を築《きず》いたシュメール人《じん》は、紀元前《きげんぜん》2000年頃《ねんごろ》には歴史《れきし》の表舞台《おもてぶたい》から、こつ然《ぜん》と姿《すがた》をけしてしまったのである。

1976年、言語学者《げんごがくしゃ》で考古学者《こうこがくしゃ》の**ゼカリア・シッチン**は、その著書《ちょしょ》『第《だい》12惑星《わくせい》』の中で、『ニビル』という星《ほし》は実在《じつざい》すると唱《とな》えた。

それは、冥王星《めいおうせい》の外側《そとがわ》にある惑星《わくせい》で、地球《ちきゅう》の4～5倍《ばい》の大きさと、20～25倍《ばい》の質量《しつりょう》、100倍《ばい》の密度《みつど》をもっているという。

太陽《たいよう》のまわりを大きく傾《かたむ》いた楕円形《だえんけい》の軌道《きどう》で、約《やく》3600年かけて公転《こうてん》していると、シッチンはその著書《ちょしょ》の中で語《かた》っている。

しかし、『ニビル』という惑星《わくせい》は、いまのところ、その存在《そんざい》が確認《かくにん》できていない。シッチンが唱《とな》えた説《せつ》は、つい最近《さいきん》まで都市伝説《としでんせつ》のような扱《あつか》いで、オカルト好《ず》きのロマンのひとつに数《かぞ》えられていた。


ところが、バチカンの警告文《けいこくぶん》によって、ニビルが何《なに》やら現実味《げんじつみ》を帯《お》びてきた。

実《じつ》はバチカンは、2017年にも、トランプに警告文《けいこくぶん》をおくっている。

この年、トランプはアメリカ国民《こくみん》に対《たい》し、ニビルの存在《そんざい》を公表《こうひょう》することを検討《けんとう》していたのだ。

これに対《たい》しバチカンは『ニビル』には関《かか》わらないよう、ホワイトハウスに警告《けいこく》を発《はっ》した。


《ニビルにいけば、死《し》だけがまっているでしょう。誰《だれ》もニビルには到達《とうたつ》できます、その住人《じゅうにん》は訪問者《ほうもんしゃ》を歓迎《かんげい》しません。ニビルは、大統領《だいとうりょう》をはじめとする、あなた方《がた》が関《かか》わり得《う》る存在《そんざい》ではありません》

明《あき》らかに、そこには「住人《じゅうにん》がいる」という前提《ぜんてい》で書《か》かれている。

果《は》たして、この『惑星《わくせい》ニビル』は実在《じつざい》するのか？

そして、『ニビル』に深《ふか》い関《かか》わりをもつ、シュメール人《じん》は、いったい何者《なにもの》だったのだろうか？

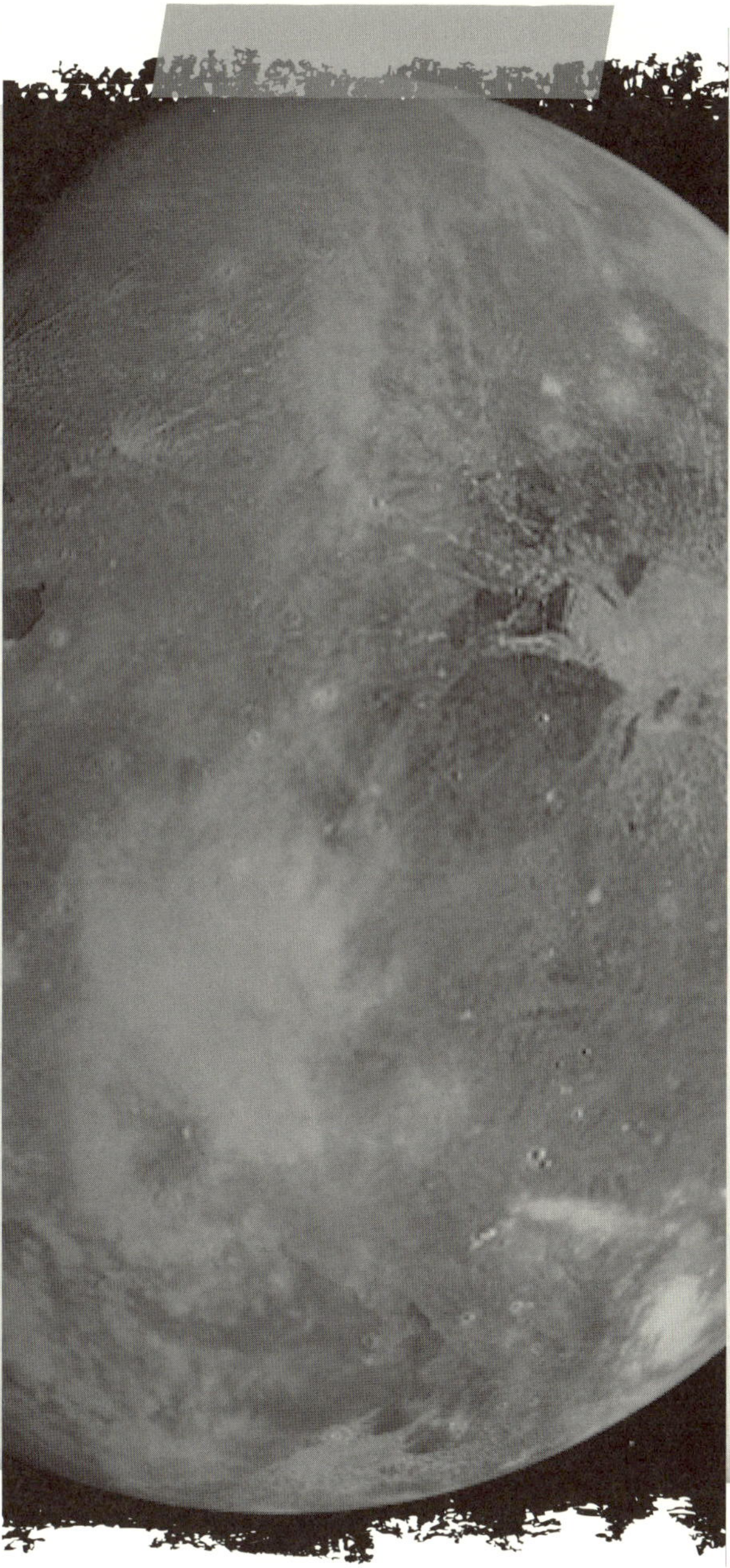

▲惑星《わくせい》ニビル。その正体《しょうたい》、そしてその存在《そんざい》は未《いま》だ明《あ》かされていない……。

「ハイ、みなさんを怪奇《かいき》とロマンの世界《せかい》にご案内《あんない》する、**ミステリーガイド・ゴウ**でーす！　今日《きょう》はここ、**イラクのバグダッド**から、お届《とど》けしております。突然《とつぜん》ですが、みなさんは、古代《こだい》４大文明《だいぶんめい》ってのをご存《ぞん》じでしょうか？　そう、メソポタミア文明《ぶんめい》、エジプト文明《ぶんめい》、インダス文明《ぶんめい》、そして中国文明《ちゅうごくぶんめい》のことなんですね～。この辺《あた》りのことは、試験《しけん》にでるかもしれないから、覚《おぼ》えておいたほうがいいかもですよ～。４大文明《だいぶんめい》は、いずれも高度《こうど》な文明《ぶんめい》だったんですけど、なかでもメソポタミア文明《ぶんめい》は『レベルが違《ちが》う』っていわれてるんです。それには、この文明《ぶんめい》の先駆《さきが》けとなった、古代《こだい》シュメール文明《ぶんめい》が関係《かんけい》しているんですねえ。**シュメールだけに、スゲーシュケールの文明《ぶんめい》？**　……ハイ、そんなワケで、今日《きょう》はそのシュメールの遺跡《いせき》を訪《たず》ねてみたいと思《おも》います！」

成田《なりた》から7時間《じかん》45分《ふん》のフライトを経《へ》て、ここ、バグダッドに到着《とうちゃく》した**未知人《みちと》と豪《ごう》**は、動画《どうが》の導入部《どうにゅうぶ》に使《つか》う映像《えいぞう》を撮影《さつえい》していた。

豪《ごう》がしゃべり、未知人《みちと》がビデオカメラをまわす。

これは、いつものパターン。

豪《ごう》は、チャンネル登録者数《とうろくしゃすう》７００万人《まんにん》を誇《ほこ》る人気のオーチューバーで、「**セカイの千**《せん》

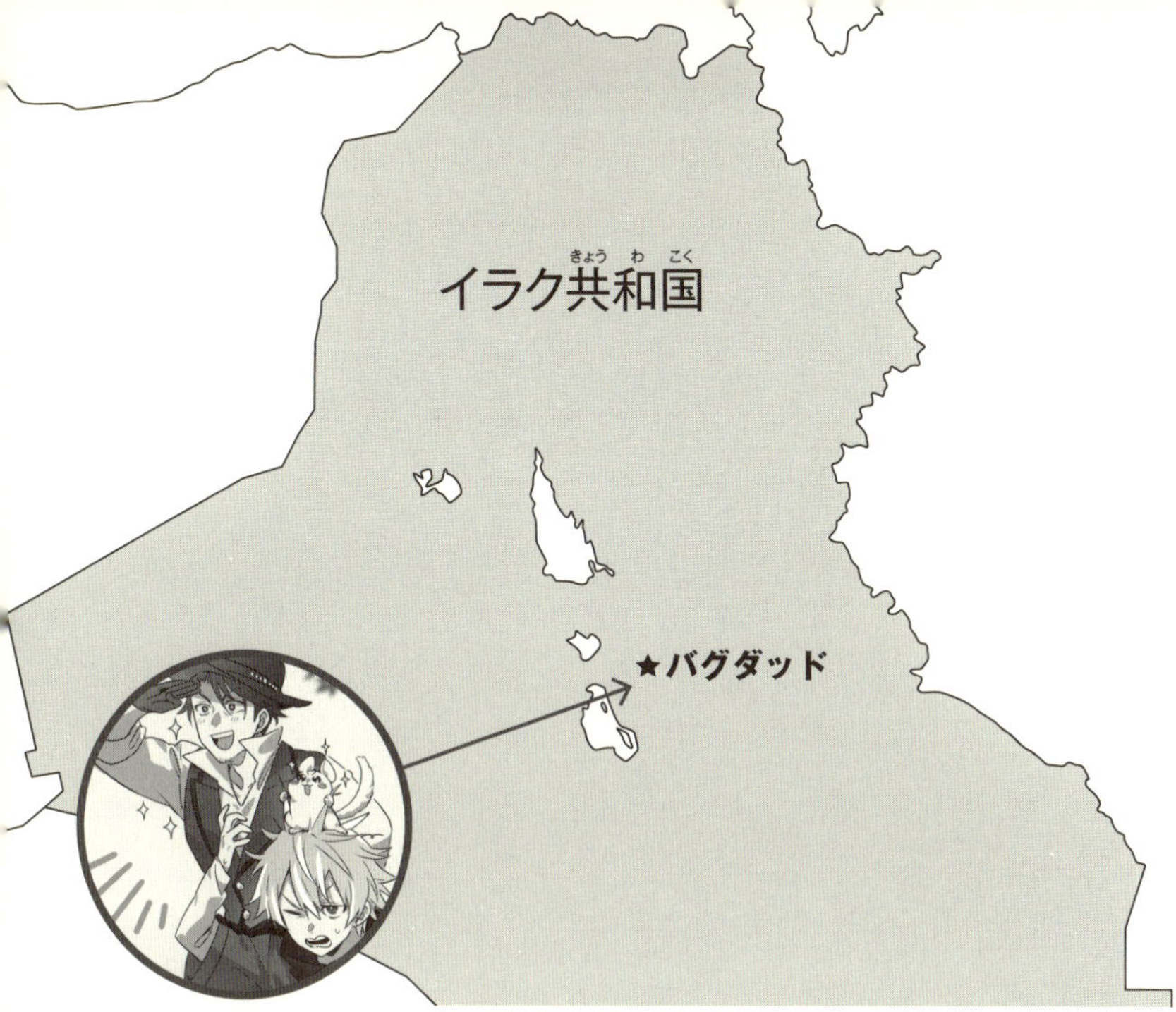

怪奇《かいき》ちゃんねるのミステリーガイド・ゴウ」として知《し》られている。

世界《せかい》の怪奇《かいき》スポットを紹介《しょうかい》したり、怪奇現象《かいきげんしょう》のナゾに迫《せま》る動画《どうが》は、日本語《にほんご》と英語《えいご》で同時配信《どうじはいしん》され、世界中《せかいじゅう》にファンがいた。

路上《ろじょう》で撮影《さつえい》をしていると、いつもならファンがよってきて、サインをねだられたり、「一緒《いっしょ》に写真撮《しゃしんと》ってぇ～」となるのだが、今日《きょう》はさすがに誰《だれ》もよってこない。

見物人《けんぶつにん》はいるにはいるが、ふたりを遠巻《とおま》きにしながら、好奇《こうき》のまなざしでこちらをみているだけだった。

ここ、イラクは、20年もの長《なが》きにわたり、戦争《せんそう》のさなかにあった。

2023年のフセイン政権崩壊後《せいけんほうかいご》、イラクの情勢《じょうせい》は安定《あんてい》したといわれているが、まだ局地的《きょくちてき》な紛争《ふんそう》がおきたりはしている。

人々《ひとびと》が完全《かんぜん》に平和《へいわ》な生活《せいかつ》を満喫《まんきつ》できるようになるのは、「これから」といったところなのだろう。


撮影《さつえい》がおわると、集《あつ》まっていた見物人《けんぶつにん》たちも、いつのまにか姿《すがた》をけしていた。

機材《きざい》を片付《かたづ》けていたとき、未知人《みちと》はふと、空をみあげる。

「どうした、未知人《みちと》？」

父《ちち》・豪《ごう》は、こわばった顔《かお》で尋《たず》ねた。

「今《いま》、あの音がきこえた気がしたんだ」

「あの音？　例《れい》の、ヴーンってやつか？」

今《いま》から7年前《まえ》、未知人《みちと》が5歳《さい》のとき、ナゾの発光体《はっこうたい》が自宅《じたく》の庭《にわ》に現《あらわ》れ、母《はは》がさらわれた。

そのとき、きいた音が、ヴーンという、何《なに》かが振動《しんどう》するような音だったのだ。

その後《ご》も、未知人《みちと》は、度々《たびたび》、この音を耳にしている。

「また、あの発光体《はっこうたい》が現《あらわ》れたのかと思《おも》ったんだけど……気のせいだったみたいだ」

「まあいい。バスの時刻《じこく》にまにあうように、早いとこ、買《か》い物《もの》をすませよう」

豪《ごう》がいうと、未知人《みちと》のリュックの中から顔《かお》をのぞかせていたチラも、同意《どうい》するように「チラチラ～」と鳴《な》く。

チラは、未知人《みちと》と豪《ごう》が青森県新郷村《あおもりけんしんごうむら》のキリストの墓《はか》を取材《しゅざい》していたときに出会《であ》ったチンチラだ。

その後《ご》、ふたりのもとで飼《か》われることになり、今《いま》は旅《たび》の相棒《あいぼう》として、こうして一緒《いっしょ》に世界《せかい》を巡《めぐ》っている。

◆　◆　◆

繁華街《はんかがい》で大量《たいりょう》の水と軽食《けいしょく》を買《か》いこんだ豪《ごう》と未知人《みちと》は、大型《おおがた》の観光《かんこう》バスに乗《の》りこんだ。

日常《にちじょう》の平和《へいわ》を取《と》り戻《もど》しつつあるイラクでは、今《いま》、観光《かんこう》ツアーが盛《さか》んに行《おこな》われている。

なかでも人気があるのは、遺跡《いせき》めぐりツアーだ。

今回《こんかい》、シュメール遺跡《いせき》を取材《しゅざい》するにあたって、ふたりはこのツアーに参加《さんか》することにしたのだ。

バスの中には、家族連《かぞくづ》れや若者《わかもの》グループなど、十数人《じゅうすうにん》のツアー客《きゃく》たちがいた。

皆《みな》、おしゃべりを楽《たの》しんだりして、車内《しゃない》には、明《あか》るいムードが漂《ただよ》っている。

しかし、未知人《みちと》は、父《ちち》・豪《ごう》の様子《ようす》が、いつもとどこか違《ちが》うことに気がついた。

やたら周囲《しゅうい》を気にして、バスのなかの乗客《じょうきゃく》たちを警戒《けいかい》の目でみていたのだ。

「父《とう》さん、どうしたの？」

「……え？」

「そんなに挙動不審《きょどうふしん》だと、ゲリラか何《なに》かと間違《まちが》われちゃうよ」

「別《べっ》に挙動不審《きょどうふしん》ってわけじゃ……」

豪《ごう》はいいかけるが、思《おも》い直《なお》して、未知人《みちと》にいう。

「まあ、おまえに隠《かく》し事《ごと》をしても、あれこれ勘繰《かんぐ》られるだけだからな」

豪《ごう》は、周囲《しゅうい》に素早《すばや》く視線《しせん》を走《はし》らせると、小声《こごえ》できりだす。

「今回《こんかい》のミッションは、実《じつ》はゲイトさんからの依頼《いらい》でな……」

豪《ごう》が「ゲイトさん」と呼《よ》んでいるのは、**アメリカのIT長者《アイティーちょうじゃ》、ステファン・ゲイト**のことだ。

ときどき、豪《ごう》に大金を払《はら》って動画《どうが》の取材《しゅざい》を依頼《いらい》してくるため、大口のスポンサーとなっている。

豪《ごう》にいわせると、ゲイトさんはオカルトマニアで、自分《じぶん》がみたい動画《どうが》を撮《と》らせるためにスポンサーになっているだけだというが、経済誌《けいざいし》の表紙《ひょうし》を飾《かざ》るほどの大物《おおもの》であるゲイトさんが、しがないオーチューバーにすぎない豪《ごう》に、単《たん》なる趣味《しゅみ》で資金提供《しきんていきょう》しているとは、到底《とうてい》、考《かんが》えにくい。

実《じつ》は最近《さいきん》になって、その秘密《ひみつ》の一端《いったん》が明《あき》らかとなった。

やはり、ゲイトさんには裏《うら》があったのだ。

そして、豪《ごう》も、どうやらゲイトさんの裏《うら》の仕事《しごと》に関《かか》わりをもっているようだ。

しかし、父《ちち》・豪《ごう》をいくら問《と》いただしても、のらりくらりとはぐらかすばかりで、何《なに》も教《おし》えてくれない。

父《ちち》に隠《かく》し事《ごと》をされるのは、正直《しょうじき》、腹立《はらだ》たしかったが、それはそれ、オトナの事情《じじょう》というヤツなのだろう。

マコがいうように、自分《じぶん》のためを思《おも》って秘密《ひみつ》にしているのかもしれない。

未知人《みちと》は、豪《ごう》を信《しん》じることにしたのだった。

「……で、そのゲイトさんからの依頼《いらい》ってのは、何《なん》なの？　ミッションっていうからには、単《たん》なる遺跡《いせき》の取材《しゅざい》が目的《もくてき》じゃないよね？　本当《ほんとう》の目的《もくてき》は何《なに》？」

未知人《みちと》は尋《たず》ねたが、豪《ごう》はいうのを躊躇《ためら》っていた。

「実《じつ》はな……このシュメール遺跡《いせき》で、最近《さいきん》、ちょっとした事件《じけん》がおこったんだ」

「事件《じけん》？」

「いや、事件《じけん》というほどのことはないのかもしれない。とある考古学者《こうこがくしゃ》が遺跡《いせき》のひとつで、ナゾの地下都市《ちかとし》につながる穴《あな》をみつけたといって大騒《おおさわ》ぎした。でも、実際《じっさい》に発掘調査隊《はっくつちょうさたい》が穴《あな》のある場所《ばしょ》にいってみると、そこには何《なに》もなかったんだ」

「つまり、その考古学者《こうこがくしゃ》が見間違《みまちが》えたってこと？」

「……まあ、そういうことにはなってる。だが、彼《かれ》はひとつ、気になる証言《しょうげん》をしてるんだ。

最初《さいしょ》に穴《あな》を発見《はっけん》したとき、ひとりの青年が彼《かれ》に近《ちか》づいてきて、警告《けいこく》めいた言葉《ことば》を発《はっ》したらしい」

「……警告《けいこく》めいた言葉《ことば》？」

『闇《やみ》の扉《とびら》を開《ひら》く者《もの》には死《し》がまっている』――とな。青年は、この世《よ》の者《もの》とは思《おも》えない美《うつく》しい顔《かお》で、軍服姿《ぐんぷくすがた》だったという」

「その青年って、もしかして……」

「そう。あの幻《げん》である可能性《かのうせい》が高《たか》い」

「幻《げん》……」

未知人《みちと》は、思《おも》わず、つぶやきをもらした。

幻《げん》は、未知人《みちと》たちのゆく先々《さきざき》に現《あらわ》れる、軍服《ぐんぷく》を着《き》たナゾの男だった。

アジア系《けい》の見た目で、年齢《ねんれい》は17歳《さい》くらい。

まるでこの世《よ》のものとは思《おも》えない、美《うつく》しい容姿《ようし》をしている。

ナゾの発光体《はっこうたい》とともに現《あらわ》れ、人を洗脳《せんのう》して操《あやつ》ったり、時空《じくう》をこえた結界《けっかい》に人を瞬間移《しゅんかんい》動《どう》させたりと、人知《じんち》をこえた特殊《とくしゅ》な能力《のうりょく》をもっている。

その幻《げん》と、未知人《みちと》は何度《なんど》も対峙《たいじ》してきたが、圧倒的《あっとうてき》な力を前《まえ》に、無力《むりょく》さや敗北感《はいぼくかん》を覚《おぼ》えるばかりだった。

「幻《げん》が関《かか》わっているミッションってことは、危険《きけん》が伴《ともな》うってことだよね？　でも、どうして今回《こんかい》に限《かぎ》って、父《とう》さんはオレを連《つ》れてこようと思《おも》ったの？」

「それは……」

豪《ごう》は、一瞬《いっしゅん》、いいよどむ。

「……実《じつ》は、ゲイトさんからの指名《しめい》なんだ」

「……え？」

「ゲイトさんは、幻《げん》が未知人《みちと》、おまえに興味《きょうみ》を抱《いだ》いてるんじゃないかっていうんだよ。だから、おまえを同行《どうこう》させれば、自《みずか》ら接近《せっきん》してくるんじゃないかってね」

「つまり、オレはオトリってこと？」

「正直《しょうじき》、父《とう》さんは、気が進《すす》まなかったんだ。『ミチトの身《み》の安全《あんぜん》は絶対《ぜったい》に保障《ほしょう》する』って、ゲイトさんがいうんで、しかたなく同意《どうい》したんだけど……」

豪《ごう》は、それだけいうと、唇《くちびる》を引《ひ》き結《むす》び、そっぽをむいてしまった。

きっと豪《ごう》は豪《ごう》で、割《わ》りきれない思《おも》いがあるんだろう。

未知人《みちと》は、それ以上《いじょう》、追及《ついきゅう》するのをやめた。

4時間《じかん》ほどバスにゆられ、ナーシリーヤという町をすぎると、目的地《もくてきち》の**ウル遺跡《いせき》**がみえてきた。

「着《つ》いたぞ」

うとうとしかけていた未知人《みちと》は、豪《ごう》の声《こえ》に目をさました。

バスをおりると、想像《そうぞう》を絶《ぜっ》する暑《あつ》さが未知人《みちと》たちに襲《おそ》いかかる。

ウル遺跡《いせき》は、砂漠《さばく》のど真《ま》ん中《なか》にあった。

ウルは、紀元前《きげんぜん》3800年頃《ねんごろ》のウバイド期《き》に築《きず》かれた都市国家《としこっか》。

遺跡《いせき》の門《もん》をくぐると、砂漠《さばく》の中に設《もう》けられた長《なが》いトレイルがあり、その先に、ジッグラトと呼《よ》ばれる聖塔《せいとう》がある。

日干《ひぼ》しのレンガを積《つ》み重《かさ》ねて造《つく》られたジッグラトには、当時《とうじ》、神殿《しんでん》があり、守護神《しゅごしん》である月神《げっしん》ナンナが祀《まつ》られていたらしい。

◀ウル遺跡《いせき》

ほかの観光客《かんこうきゃく》にまじって、豪《ごう》と未知人《みちと》もトレイルを歩《ある》きだした。

しばらくして、未知人《みちと》の足がとまる。


ヴーン、ヴーン……。


あの音を、今度《こんど》はハッキリと耳にしたのだ。

同時《どうじ》に、かすかではあるが、こんな言葉《ことば》もきこえてきた。


「シュメールの秘密《ひみつ》を暴《あば》くな。ニビルの闇《やみ》を知《し》った者《もの》には死《し》が訪《おとず》れる」


「えっ……何《なに》？　ニビルって、なんだ？」

驚《おどろ》く未知人《みちと》に、父《ちち》・豪《ごう》は心配《しんぱい》そうに尋《たず》ねた。

「未知人《みちと》、どうしたんだ？」

「いや、今《いま》、あの**ヴーン**って音が……同時《どうじ》に声《こえ》もきこえてきて……」

「声《こえ》？　幻《げん》の声《こえ》か⁉」

「たぶん、そうだと思《おも》う。『シュメールの秘密《ひみつ》を暴《あば》くな。ニビルの闇《やみ》を知《し》った者《もの》には死《し》が訪《おとず》れる』って……父《とう》さん、シュメールの秘密《ひみつ》って何《なに》？　ニビルの闇《やみ》って何《なん》なの？」

「ニビルっていうのは、星《ほし》の名前《なまえ》だ。シュメール文明《ぶんめい》と深《ふか》い関《かか》わりをもっている。シュメール人《じん》が、現代人《げんだいじん》と同《どう》レベルの天文学の知識《ちしき》をもっていたことは、未知人《みちと》も知《し》ってるだろ？」

「ああ。地球《ちきゅう》やほかの惑星《わくせい》が太陽《たいよう》のまわりをまわってることや、地球《ちきゅう》から43億《おく》キロも離《はな》れた海王星《かいおうせい》の性質《せいしつ》や色《いろ》まで知《し》ってたって、本に書《か》いてあった」

「それだけじゃない」

豪《ごう》は続《つづ》けた。

「シュメールの粘土板《ねんどばん》にはな、水《すい》・金《きん》・地《ち》・火《か》・木《もく》・土《ど》・天《てん》・海《かい》という既知《きち》の惑星《わくせい》のほかに、火星《かせい》と木星《もくせい》の間《あいだ》を通《とお》る、超楕円軌道《ちょうだえんきどう》をもった惑星《わくせい》が描《か》かれてたんだ」

「もしかして……それが**ニビル**？」

◀シュメール人《じん》の壁画《へきが》。ただシュメール人《じん》がいつごろ、どのようにして南部《なんぶ》メソポタミアに定着《ていちゃく》するようになったのか。その歴史《れきし》は未《いま》だ解《と》き明《あ》かされていない。

「そうだ。そして、シュメールの神話《しんわ》には、惑星《わくせい》ニビルからやってきた『**アヌンナキ**』という神々《かみがみ》が、自分《じぶん》たちを『創《つく》った』と記《しる》されている」

「天地創造《てんちそうぞう》の神《かみ》さまってこと？」

「まあ、そうだけど……シュメールの神話《しんわ》には、もっと具体的《ぐたいてき》なことまで書《か》かれてるんだ。これはあくまで**ゼカリア・シッチン**っていう考古学者《こうこがくしゃ》の解釈《かいしゃく》によるものなんだけど……当時《とうじ》、惑星《わくせい》ニビルでは、大気が宇宙空間《うちゅうくうかん》に流《なが》れだし、アヌンナキたちは滅亡《めつぼう》の危機《きき》にあったらしい」

「滅亡《めつぼう》の危機《きき》？」

「そう。そこで彼《かれ》らは、金の粒子《りゅうし》でオゾン層《そう》のような膜《まく》を作《つく》り、大気の流出《りゅうしゅつ》を防《ふせ》ごうって考《かんが》えたんだな。ニビルには金が足りなかったため、地球《ちきゅう》まできたんだそうだ」

「なんか……リアルな話《はなし》だね。神話《しんわ》の域《いき》をこえてる」

「だろ？　惑星《わくせい》ニビルから宇宙船《うちゅうせん》に乗《の》って飛来《ひらい》した彼《かれ》らは、エリドゥという場所《ばしょ》に都市《とし》を築《きず》いた。これが今《いま》から44万《まん》5千年前《せんねんまえ》のことだ」

「それって、現生人類《げんせいじんるい》が誕生《たんじょう》する前《まえ》の話《はなし》だよね？　北京原人《ぺきんげんじん》とか、ネアンデルタール人《じん》

ヌンナキとされる壁画《へきが》。
長は１０メートルと巨大《きょだい》で、人間《にんげん》とは異《こと》
る存在《そんざい》とされている。▶

とか、そこらの？」

「そう、その通《とお》りだ。神話《しんわ》によると、アヌンナキたちは、金を採掘《さいくつ》する労働者《ろうどうしゃ》が必要《ひつよう》だったらしい。原人《げんじん》と自分《じぶん》たちの遺《い》伝子《でんし》をまぜあわせて、**ハイブリッド**を創《つく》りだしたと、神話《しんわ》ではいい伝《つた》えられている」

「ハイブリッド⁉　もしかして、それがシュメール人《じん》ってこと⁉」

「そうだ。アヌンナキは、身長《しんちょう》10メートル以上《いじょう》で、数十万年《すうじゅうまんねん》にも及《およ》ぶ長大《ちょうだい》な寿命《じゅみょう》をもっていたらしい。その遺伝子《いでんし》を受《う》け継《つ》ぐシュメールの王たちも、初期《しょき》の頃《ころ》は、あり得《え》ないほどの長寿《ちょうじゅ》で、在位期間《ざいいきかん》が４３２００年とか、当時《とうじ》の王名表《おうめいひょう》に記《しる》されてるんだ」

「……なんだか信《しん》じられない話《はなし》だな」

しかし、シュメール文明《ぶんめい》には、あの幻《げん》が警告《けいこく》するほどの秘密《ひみつ》が隠《かく》されている。

その秘密《ひみつ》は、アヌンナキという異星人《いせいじん》に関《かか》わることなのかもしれない。

◀ジッグラト

話《はなし》をしているうちに、未知人《みちと》と豪《ごう》はジッグラトにたどり着《つ》いた。

「えっ……何《なに》これ？　でかい！」

実物《じつぶつ》のジッグラトを目《ま》の当《あ》たりにして、未知人《みちと》はまず、その大きさに圧倒《あっとう》された。

南北《なんぼく》に１２００メートル、東西《とうざい》に８００メートル、その高《たか》さは20メートルもある。

巨大《きょだい》なビルのような……そんな表現《ひょうげん》がピッタリだったのだ。

「日本《にほん》が縄文時代《じょうもんじだい》だった頃《ころ》に、こんなスゴい建造物《けんぞうぶつ》を造《つく》る技術《ぎじゅつ》をもっていたなんて……やっぱシュメール人《じん》ってタダモノじゃないよね。父《とう》さんがさっきいってた神話《しんわ》の話《はなし》、実話《じつわ》だったのかもしれないね」

「そうだろ？　実《じつ》は、さっきの話《はなし》には続《つづ》きがあるんだ。シュメール人《じん》がアヌンナキとのハイブリッドだってことが、わかるかもしれない証拠《しょうこ》もあるんだよ」

「証拠《しょうこ》？」

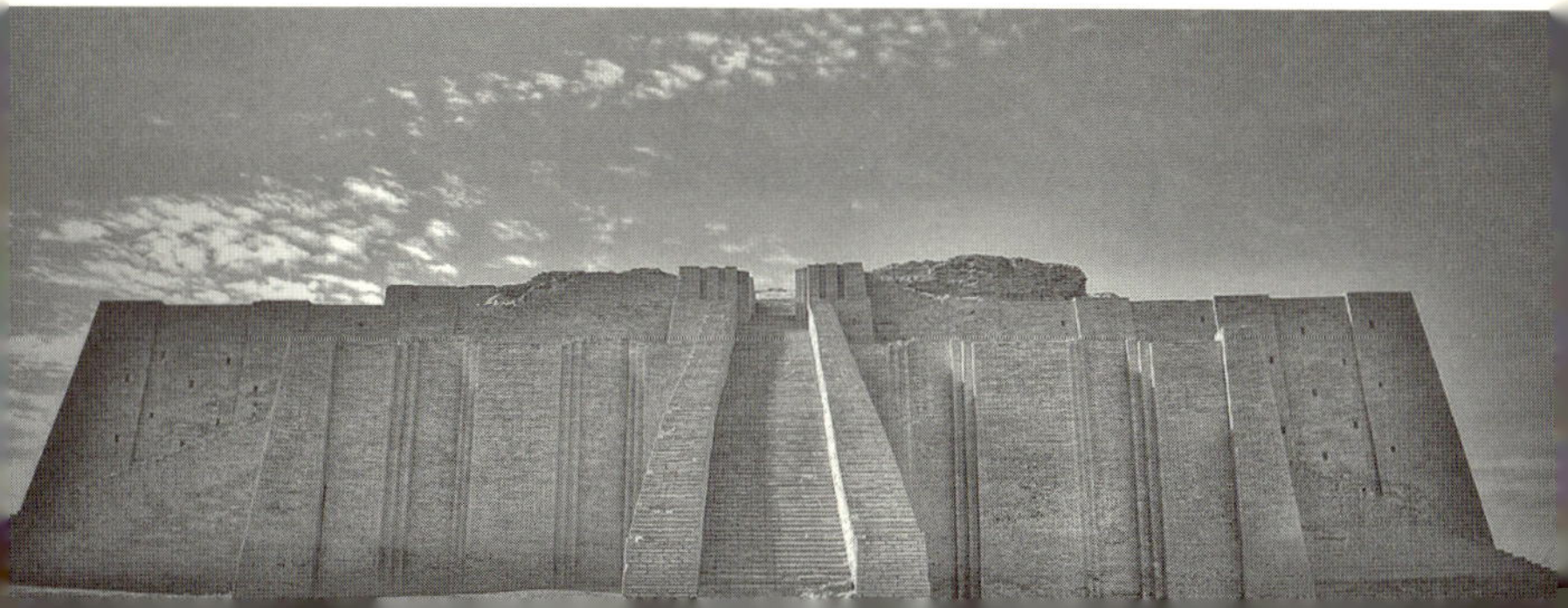

豪《ごう》によると、1920年にイギリスの考古学者《こうこがくしゃ》、レオナード・ウーリーが、ウル遺跡《いせき》で、これまでに最《もっと》も豪華《ごうか》な王家《おうけ》の墓《はか》を発見《はっけん》したという。

その墓《はか》には、金と宝石《ほうせき》の装飾《そうしょく》で覆《おお》われた遺体《いたい》が安置《あんち》されていた。4500年前《まえ》のプアビ女王の遺体《いたい》だという。

「プアビ女王って、シュメールの女王さまだよね？　もしかして、その遺体《いたい》のDNA《ディーエヌエー》を解析《かいせき》すれば……」

「そう。シュメール人《じん》がただの人間《にんげん》だったのか、アヌンナキと呼《よ》ばれる異星人《いせいじん》とのハイブリッドだったのかがハッキリする。シュメールの神話《しんわ》が実話《じつわ》だと主張《しゅちょう》するシッチンは、プアビ女王のDNA《ディーエヌエー》を解析《かいせき》してほしいという遺書《いしょ》をのこして、この世《よ》をさったんだ」

「……で、どうだったの？　解析《かいせき》の結果《けっか》は？」

「それが……DNA解析《ディーエヌエーかいせき》は、行《おこな》われていないんだ」

「えっ、どうして？」

「ニビルやアヌンナキの真相《しんそう》にふれることは、どういうわけだかタブー視《し》されていてね。真相《しんそう》を探《さぐ》ろうとすると、闇《やみ》の勢力《せいりょく》からの妨害《ぼうがい》にあう。真実《しんじつ》に近《ちか》づきすぎて、暗殺《あんさつ》された人もいるというウワサだ」

「そんな……真実《しんじつ》を知《し》ろうとする者《もの》が殺《ころ》されるなんて……」

未知人《みちと》は、こぶしを握《にぎ》りしめる。

幻《げん》の警告《けいこく》が頭《あたま》の中によみがえってきたが、真実《しんじつ》を封《ふう》じる者《もの》への怒《いか》りのほうが、恐怖《きょうふ》にまさっていた。

「父《とう》さん、プアビ女王の墓《はか》って、ここ、ウルにあるんでしょ⁉」

「えっ？　いや、そうだけど……」

「いってみようよ」

そういって歩《ある》きだした未知人《みちと》を、豪《ごう》はあわてて追《お》いかけた。

「未知人《みちと》、プアビ女王の遺体《いたい》そのものは、大英博物館《だいえいはくぶつかん》に保管《ほかん》されていて、ここにはないんだ！」

しかし、未知人《みちと》の足はとまらなかった。

――そのときだった。

「チチッ、チラチラ～ッ！」

未知人《みちと》のリュックの中にいたチラが、何《なに》かに怯《おび》えたように、激《はげ》しく鳴《な》きはじめた。

「ん？　どうした、チラ？」

前方《ぜんぽう》をみると、そこには、猛毒《もうどく》のサバククロコブラが鎌首《かまくび》をもたげている。

次《つぎ》の瞬間《しゅんかん》、毒蛇《どくへび》はのびあがって、未知人《みちと》に襲《おそ》いかかってきた。


ズギューン!!!!


同時《どうじ》に銃声《じゅうせい》が響《ひび》く。

みると、毒蛇《どくへび》は、銃弾《じゅうだん》に撃《う》ちぬかれて、未知人《みちと》の足もとに横《よこ》たわっていた。

撃《う》ったのは、迷彩服《めいさいふく》を着《き》た屈強《くっきょう》そうな男だった。

豪《ごう》は、銃《じゅう》を手にした男に駆《か》けよっていく。

「ありがとうございます。息子《むすこ》の命《いのち》を救《すく》ってくださって……」

「礼《れい》には及《およ》びません。私《わたし》は、ステファン・ゲイトに雇《やと》われたSP《エスピー》です。あなたがたの身《み》の安全《あんぜん》を図《はか》るのが、私《わたし》の仕事《しごと》です」

男は、無表情《むひょうじょう》な顔《かお》で答《こた》えると、その場《ば》を離《はな》れていった。

◆ ◆ ◆

この日、未知人《みちと》と豪《ごう》は、ナーシリーヤのホテルで1泊《ぱく》することになった。

夕飯《ゆうはん》を食《た》べに、市街《しがい》にある食堂《しょくどう》に入る。

ふたりは、クーズィーと呼《よ》ばれる、羊《ひつじ》のローストに米《こめ》が添《そ》えられた地元《じもと》の伝統料理《でんとうりょうり》を注文《ちゅうもん》した。

チラ用《よう》にはナッツを、豪《ごう》は自分《じぶん》が飲《の》むビールも頼《たの》んだ。

豪《ごう》によると、ビールも、シュメール人《じん》が発明《はつめい》したものなのだそうだ。

「おまたせしました」

テーブルに並《なら》べられた料理《りょうり》をみて、ふたりは目を丸《まる》くする。

クーズィーを注文《ちゅうもん》しただけなのに、サラダ、ピクルス、スープ、ご飯《はん》にかける汁物《しるもの》、タヒーニ、パンなど、そこには、たくさんの副菜《ふくさい》が添《そ》えられていたのだった。

「日本《にほん》にも、こういうサービス精神《せいしん》が豊富《ほうふ》な店《みせ》ってあるよね」

未知人《みちと》は、そういいながら、クーズィーをうまそうに頬張《ほおば》る。

そんな未知人《みちと》をみながら、豪《ごう》は不安《ふあん》げにいった。

「なあ、未知人《みちと》、本当《ほんとう》に撮影《さつえい》を続《つづ》ける気か？」

実《じつ》は、今回《こんかい》の観光《かんこう》ツアーに組《く》みこまれていたのは、ウル遺跡《いせき》の見学だけだった。

豪《ごう》と未知人《みちと》は、ナーシリーヤから別《べつ》のバスに乗《の》り継《つ》いで、ほかの遺跡《いせき》もまわる予定《よてい》ではあったのだが……。

未知人《みちと》が毒蛇《どくへび》に襲《おそ》われそうになった事件《じけん》がおきて、豪《ごう》はツアーを続《つづ》けるのをやめ、帰《かえ》りたい気持《きも》ちになっていたのだ。

「ゲイトさんも、取材《しゅざい》をとりやめにして帰《かえ》っていいっていってくれているし……なあ、未知人《みちと》、今日《きょう》でもうおわりにしよう」

「オレは、幻《げん》の正体《しょうたい》を突《つ》きとめたいんだ」

未知人《みちと》は、きっぱりいった。

「『シュメールの秘密《ひみつ》を暴《あば》くな』『ニビルの闇《やみ》を知《し》った者《もの》には死《し》が訪《おとず》れる』――幻《げん》はそう警告《けいこく》してきたよね？　逆《ぎゃく》にいえば、その秘密《ひみつ》を暴《あば》くことが、ヤツの正体《しょうたい》を知《し》ることにつながるんじゃないかって、オレは思《おも》ってる」

「未知人《みちと》、簡単《かんたん》にいうけどな……」

「幻《げん》は、母《かあ》さんの行方《ゆくえ》についても、何《なに》か知《し》ってるのかもしれない。真実《しんじつ》を知《し》るためには、ヤツに近《ちか》づくしかないんだ」

そんな未知人《みちと》を前《まえ》に、豪《ごう》は「やれやれ」とため息《いき》をつく。

「おまえに、あんな話《はなし》、するんじゃなかったなー」


翌日《よくじつ》は、風《かぜ》の強《つよ》い日だった。

豪《ごう》と未知人《みちと》は、エリドゥの遺跡《いせき》へとやってきた。

それは、ウルから南西方向《なんせいほうこう》に20キロほどいったところにある遺跡《いせき》だ。

神話《しんわ》では、ニビルからやってきたアヌンナキが最初《さいしょ》に降《お》り立った場所《ばしょ》とされている。

シュメールの王名表《おうめいひょう》によると、人類最初《じんるいさいしょ》の王権《おうけん》が成立《せいりつ》した都市《とし》が、ここ、エリドゥで、最近《さいきん》、考古学者《こうこがくしゃ》がナゾの地下都市《ちかとし》につながる穴《あな》をみつけたと大騒《おおさわ》ぎしたのも、この遺跡《いせき》だった。

「なあ、未知人《みちと》、やっぱり、やめにしないか？　遺跡《いせき》といっちゃいるが、ほとんど砂《すな》にうもれてるし……それに、ひどい砂嵐《すなあらし》だ」

豪《ごう》が、悲鳴《ひめい》に近《ちか》い声《こえ》をあげる。

砂漠《さばく》のむこうにみえるエリドゥ遺跡《いせき》は、浸食《しんしょく》されていて、建物《たてもの》というより、自然《しぜん》にできた山のようにみえる。

今日《きょう》は、さらに砂嵐《すなあらし》がおきていて、遺跡《いせき》はほとんど砂《すな》にうもれていた。

「いいや、ここまできて、あきらめられるか」

未知人《みちと》は、そういうと、むかい風《かぜ》の中を歩《ある》きだす。

豪《ごう》も、しぶしぶといった顔《かお》で、未知人《みちと》のあとに従《したが》っていった。

しかし、一歩《いっぽ》あるくごとに、砂嵐《すなあらし》は激《はげ》しさを増《ま》した。

肌《はだ》に突《つ》き刺《さ》さるような砂《すな》の風《かぜ》が、容赦《ようしゃ》なくふたりに襲《おそ》いかかる。

やがて砂《すな》が深《ふか》くなった。

ズボッ……ズボッ……。


ふたりは砂《すな》に足をとられて、前《まえ》に進《すす》むのも、やっとという状態《じょうたい》になった。

「未知人《みちと》、なあ、引《ひ》きかえそう？」

「……わかった。砂嵐《すなあらし》がやんでから、また出直《でなお》すことにしよう」

未知人《みちと》は、ようやく引《ひ》きかえす気になったようだ。

しかし、とき、すでに遅《おそ》かった。

砂嵐《すなあらし》に視界《しかい》が塞《ふさ》がれ、遺跡《いせき》がみえなくなっていたのだ。

帰《かえ》り道《みち》がどっちなのかも、わからない。

そのうえ、ふたりは、腰《こし》の辺《あた》りまで砂《すな》にうもれてしまった。

もはや、歩《ある》くことさえできない。

「ここで、砂嵐《すなあらし》がやむのをまつしかないか」

豪《ごう》はつぶやいたが、砂嵐《すなあらし》はやむどころか、ますます激《はげ》しくなる。

「なんか、こういうの、映画《えいが》の一場面《いちばめん》にあったよな？　……**戦場《せんじょう》のメリークリスマスだっけ？　砂漠《さばく》でベリーうまってマス**、なんちゃって……」

豪《ごう》のダジャレが、悲《かな》しげに響《ひび》く。

豪《ごう》と未知人《みちと》は、このとき、首《くび》まで砂《すな》にうまっていたのだった。

もし、砂嵐《すなあらし》がやまなければ、生きうめは確実《かくじつ》……。

――そのときだった。

軍靴《ぐんか》を履《は》いた足が、砂《すな》にうまっていた未知人《みちと》の顔《かお》に近《ちか》づいてきた。

みあげると、そこに立っていたのは、軍服《ぐんぷく》を着《き》た、この世《よ》の者《もの》とは思《おも》えない美《うつく》しい顔《かお》の男だった。

「幻《げん》……」

つぶやく未知人《みちと》に、幻《げん》は微笑《ほほえ》みながらいった。

「やあ、未知人《みちと》、また会《あ》えてうれしいよ」

その瞬間《しゅんかん》、砂嵐《すなあらし》はやみ、辺《あた》りは、ぐにゃりと歪《ゆが》んだ空間《くうかん》となった。

「幻《げん》、この砂嵐《すなあらし》はおまえがおこしたのか？　オレたちを遺跡《いせき》に近《ちか》づかせないために、おまえが……？」

「これは、ボクからの親切《しんせつ》な警告《けいこく》だよ。キミがもし、闇《やみ》の世界《せかい》につながる扉《とびら》を開《ひら》き、シュメールの真実《しんじつ》を知《し》ったら、その瞬間《しゅんかん》に、この世《よ》から抹殺《まっさつ》されてしまうだろうからね」

「おまえがいう真実《しんじつ》って何《なん》だ⁉　闇《やみ》の扉《とびら》のむこうには、いったい何《なに》があるっていうんだ⁉」

「ふふ……忠告《ちゅうこく》してあげたのに、まだそんな質問《しつもん》をする？　まあいい。ちょっとだけヒントをあげよう。アヌンナキがこの地球《ちきゅう》に誕生《たんじょう》させたのは、キミたち、人類《じんるい》だけじゃない」

「……人類《じんるい》だけじゃない？」

「サルとアヌンナキの遺伝子《いでんし》をかけあわせたのが、キミたち人類《じんるい》なら、恐竜《きょうりゅう》とアヌンナキの遺伝子《いでんし》をかけあわせた、もうひとつの人類《じんるい》もこの世《よ》に誕生《たんじょう》している。キミたちが『レプティリアン』と呼《よ》んでいる種族《しゅぞく》だよ」

◀レプティリアンの像《ぞう》

「レプティリアン⁉」

「さらにいえば、この地球《ちきゅう》に来訪《らいほう》している神々《かみがみ》も、アヌンナキだけじゃない。太古《たいこ》の昔《むかし》から、この地球《ちきゅう》には『神《かみ》』と呼《よ》ばれる監視者《かんししゃ》たちが、たくさんきているんだ。もちろん、今《いま》もね」

幻《げん》は、それだけいうと、その場《ば》から、すうーっと姿《すがた》をけした。

未知人《みちと》の記憶《きおく》にあるのは、そこまでだった。

◆　◆　◆

意識《いしき》が戻《もど》ったとき、豪《ごう》と未知人《みちと》は、エリドゥ遺跡《いせき》の近《ちか》くにある町のホテルの一室《いっしつ》にいた。

ゲイトのSP《エスピー》たちが、生きうめ寸前《すんぜん》のふたりを掘《ほ》りだして、ここに運《はこ》んでくれたのだった。

「未知人《みちと》、気がついたか？」

「……父《とう》さん？」

「いやあ、お互《たが》いに無事《ぶじ》でよかった。もう少《すこ》し救出《きゅうしゅつ》が遅《おく》れてたら、大変《たいへん》なことになってたな」

ほっとした表情《ひょうじょう》をうかべる父《ちち》・豪《ごう》に、未知人《みちと》は幻《げん》と遭遇《そうぐう》した話《はなし》をする。

「**シュメールの闇《やみ》**……それは、もうひとつの人類《じんるい》、レプティリアンのことだと、幻《げん》はいってた。父《とう》さん、レプティリアンって何《なに》？　もと考古学教授《こうこがくきょうじゅ》の父《とう》さんなら、くわしく知《し》ってるんだろ？」

「いや、くわしくは知《し》らないけど……シュメールの神話《しんわ》では、アヌンナキが人類《じんるい》を創《つく》りだす試行錯誤《しこうさくご》の過程《かてい》で、恐竜《きょうりゅう》の遺伝子《いでんし》をかけあわせた爬虫類型人類《はちゅうるいがたじんるい》も創《つく》ったといわれている。でも、こいつらは、あまり従順《じゅうじゅん》ではなく、金を採掘《さいくつ》させるための奴隷《どれい》にはむいてなかったらしい。それゆえ、地下深《ちかふか》くに都市《とし》を築《きず》き、そこで暮《く》らしたといわれている」

「レプティリアンたちは、実在《じつざい》していたの？」

「さあ、それも半信半疑《はんしんはんぎ》ってとこだが……マヤのチチェン・イッツァ遺跡《いせき》のククルカンや、モアイ信仰《しんこう》がすたれたあとにイースター島民《とうみん》が信仰《しんこう》するようになった創造神《そうぞうしん》マケマケなど、レプティリアンらしき生き物《もの》は、世界各地《せかいかくち》で信仰《しんこう》の対象《たいしょう》となっていた。そういう点《てん》から考《かんが》えると、レプティリアンが実在《じつざい》していたというほうが自然《しぜん》かもしれないな」

「いや、実在《じつざい》していたんじゃなくて、今《いま》も実在《じつざい》してるんだよ。ひょっとしたら、幻《げん》は彼《かれ》らと結託《けったく》して、人類《じんるい》に何《なに》かしようと企《たくら》んでいるのかもしれない」

未知人《みちと》がそうつぶやいたとき、一方《いっぽう》から、何者《なにもの》かの声《こえ》がきこえてきた。

「あるいは、われわれ人類《じんるい》がレプティリアンと結託《けったく》するのを、恐《おそ》れているのかもしれないね」

声《こえ》の主《ぬし》は、パナマ帽《ぼう》に黒《くろ》ぶちメガネの紳士《しんし》――ステファン・ゲイトだった。

ゲイトは、インドで商談中《しょうだんちゅう》だったが、未知人《みちと》と豪《ごう》が生きうめになりそうになった一件《けん》を知《し》って、急遽《きゅうきょ》、イラクに駆《か》けつけてきたのだという。

「お忙《いそが》しいところをわざわざどうも……この度《たび》は、われわれの身《み》の安全《あんぜん》を守《まも》ってくださって、ありがとうございます」

豪《ごう》は、ゲイトに礼《れい》をいう。

しかし、ゲイトは首《くび》をふった。

「いやいや、礼《れい》をいわなきゃならないのは、むしろこっちのほうだ。キミたちのおかげで、あの幻《げん》という男の正体《しょうたい》がだいぶつかめてきたからね」

「正体《しょうたい》がつかめてきたって、本当《ほんとう》ですか⁉　ゲイトさんは、あの幻《げん》のことを何《なん》だとお考《かんが》えなんですか⁉」

未知人《みちと》は、思《おも》わず熱《あつ》くなって、ゲイトに尋《たず》ねた。

しかし、ゲイトは、にこにことほほ笑《え》むだけで、何《なに》も答《こた》えない。

「……おっと。私《わたし》はこれから、ヨーロッパに移動《いどう》しなきゃならないんだ。インドの次《つぎ》は、フランスで商談《しょうだん》があってね。キミたちは、ゆっくりしていくといい。イラクでの観光《かんこう》を楽《たの》しんでくれたまえ」

ゲイトは、それだけいうと、ホテルの部屋《へや》をあとにしたのだった。

2

地《ち》球《きゅう》想《おも》いのいたずら小《こ》僧《ぞう》・トコロシ

南《みなみ》アフリカ

今《いま》から数百年前《すうひゃくねんまえ》。

南《みなみ》アフリカで暮《く》らすズールー族《ぞく》の村に、悪《わる》さばかりする少年《しょうねん》がいた。そんな彼《かれ》に村民《そんみん》たちは手をやいており、事《こと》あるごとに注意《ちゅうい》した。しかし少年《しょうねん》は少《すこ》しも態度《たいど》を改《あらた》めない。

そこである日、村長《そんちょう》は彼《かれ》を海辺《うみべ》に連《つ》れだした。

「こんなところで何《なに》をしようってんだ！」

少年《しょうねん》は村長《そんちょう》に掴《つか》みかかろうとする。ところが、村長《そんちょう》は用意《ようい》していた、少年《しょうねん》の大嫌《だいきら》いな塩《しお》を投《な》げつけた。

「ギャアァァッ！」

少年《しょうねん》は、苦《くる》しみのたうちまわる。

そのさけび声《ごえ》は人間離《にんげんばな》れしており、獣《けもの》のようだった。

それをみた村長《そんちょう》は目を疑《うたが》う。少年《しょうねん》の皮膚《ひふ》がどんどん溶《と》けていき、ベロリとはがれおちると、醜《みにく》い化《ば》け物《もの》に変身《へんしん》したのだ。

体長《たいちょう》は30センチほどで、肌《はだ》は黒《くろ》い。

耳は尖《とが》り、大きな鷲鼻《わしばな》、鋭《するど》い牙《きば》をもっている。また頭部《とうぶ》には固《かた》い突起《とっき》があり、頭突《ずつ》きで岩《いわ》をも砕《くだ》いてしまうほどの力の強《つよ》さだ。

これには、物陰《ものかげ》からみていた村人たちも腰《こし》を抜《ぬ》かして驚《おどろ》いた。

少年《しょうねん》だった小さな化《ば》け物《もの》は周《まわ》りのものを手当《てあ》り次第《しだい》に壊《こわ》しはじめた。

そしてだんだんと村に近付《ちかづ》いていったので、危機感《ききかん》を覚《おぼ》えた村人たちは一斉《いっせい》にとびかかった。

そうして村人たちから袋叩《ふくろだた》きにあった化《ば》け物《もの》は、やがて息絶《いきた》え、動《うご》かなくなる。

村に平和《へいわ》が訪《おとず》れた……と誰《だれ》もが思《おも》った。

ところがそれ以来《いらい》、村では妙《みょう》なことが度々《たびたび》おこるようになった。

あちこちの家《いえ》で物《もの》がなくなったり、眠《ねむ》っているあいだに、背中《せなか》に引《ひ》っかき傷《きず》がつけられたり。

酷《ひど》いときには、朝《あさ》、親《おや》が目覚《めざ》めると子どもが死《し》んでいた、などという事件《じけん》も発生《はっせい》した。

これらの原因《げんいん》は不明《ふめい》だったが、学校に通《かよ》っている子どもたちの証言《しょうげん》によると、大人がいないときに例《れい》の化《ば》け物《もの》そっくりな小人が何度《なんど》も目撃《もくげき》されていたことがわかる。

それを知《し》った村人たちは気味《きみ》が悪《わる》くなり、呪術師《じゅじゅつし》に相談《そうだん》した。

すると呪術師《じゅじゅつし》は答《こた》えた。

「子どもたちがみたのは、あの悪《わる》さばかりしていた少年《しょうねん》が変身《へんしん》した化《ば》け物《もの》だ。あれは**トコロシといって、人を困《こま》らせるのを好《この》む悪霊《あくりょう》**なのだよ」

それをきき、村人が尋《たず》ねる。

「どうしたら被害《ひがい》にあわなくなる？　物《もの》がなくなるくらいならともかく、子どもが傷付《きずつ》けられたり、命《いのち》を奪《うば》われるのはイタズラですまされないぞ」

「ベッドの下にレンガをしくといい。トコロシはベッドの下の隙間《すきま》にもぐりこんで眠《ねむ》っている人間《にんげん》の夢《ゆめ》を探《さぐ》り、悪《わる》さをする」

村人たちは早速《さっそく》、いう通《とお》りにした。

それから村では、眠《ねむ》っていた子どもの原因不明《げんいんふめい》の死《し》は大幅《おおはば》にへった。

しかしトコロシのイタズラと思《おも》われる出来事《できごと》はその後《ご》も続《つづ》いた。

そして現在《げんざい》でも南《みなみ》アフリカ一帯《いったい》では不可解《ふかかい》なことがあると、トコロシの仕業《しわざ》だと広《ひろ》く信《しん》じられている。

例《たと》えば子ども好《ず》きなトコロシが学校に現《あらわ》れたという目撃報告《もくげきほうこく》はあちこちであがっている。

２０１５年には南《みなみ》アフリカのゴゴ・ドラ・モルフェという女性《じょせい》が10年以上《いじょう》もトコロシの被害《ひがい》にあっていると証言《しょうげん》した。

さらに、２０２３年には25年以上《いじょう》もトコロシに取《と》り憑《つ》かれているというアイザック・マロペの記事《きじ》も話題《わだい》となった。

トコロシの正体《しょうたい》は諸説《しょせつ》あり、中には呪術師《じゅじゅつし》が作《つく》った悪魔《あくま》の子どもだという説《せつ》もある。

もしそれが本当《ほんとう》ならば、最初《さいしょ》に村を困《こま》らせていた黒幕《くろまく》は、村人たちが相談《そうだん》をもちかけた呪術師《じゅじゅつし》だった可能性《かのうせい》も否定《ひてい》できない。

村の中での立場《たちば》が高《たか》まるからだ。

事実《じじつ》、呪術師《じゅじゅつし》が誰《だれ》かを呪《のろ》う依頼《いらい》を受《う》けると、相手《あいて》のもとにトコロシをおくりこむことが現在《げんざい》でもあるそうだ――。

「さあ、今回《こんかい》の動画《どうが》は**南《みなみ》アフリカ共和国《きょうわこく》！**　ズールー族《ぞく》に伝《つた》わる未確認生物《みかくにんせいぶつ》・トコロシの謎《なぞ》に迫《せま》ります！」

今《いま》、豪《ごう》が動画《どうが》を撮影《さつえい》しているのは、クワズール・ナタール州《しゅう》の主要都市《しゅようとし》**ダーバン**に程近《ほどちか》い、キング・シャカ国際空港《こくさいくうこう》だ。

日本《にほん》からは飛行機《ひこうき》で25時間《じかん》の長旅《ながたび》である。

そのため、今回《こんかい》チンチラのチラはマコの家《いえ》に預《あず》けてきた。

ちなみにズールー族《ぞく》の人口はおよそ一千万人で、南《みなみ》アフリカ共和国全体《きょうわこくぜんたい》の約《やく》5分《ぶん》の1を占《し》めている。

また、そのほとんどがクワズール・ナタール州《しゅう》で暮《く》らしているという。

ダーバンは一年中暖《あたた》かい気候《きこう》とマリンスポーツが盛《さか》んな海岸《かいがん》の街《まち》で、観光客《かんこうきゃく》も多《おお》い。

そのため世界中《せかいじゅう》にチャンネル登録者《とうろくしゃ》がいる豪《ごう》が撮影《さつえい》していると、途端《とたん》に人だかりができた。

このままでは空港《くうこう》に迷惑《めいわく》がかかってしまう。

スマホでカメラをまわしている未知人《みちと》が合図《あいず》をおくった。

それをみて、豪《ごう》は一旦締《いったんし》めに入る。

「様々《さまざま》な悪《わる》さをするトコロシですが、人の命《いのち》を奪《うば》うこともあるんです。**キャー、ヒトコロシ！** というわけで、さっそくダーバンにいきましょう！」

豪《ごう》がポーズを決《き》めたところで、未知人《みちと》は動画《どうが》の停止《ていし》ボタンを押《お》した。

「父《とう》さん。そろそろ移動《いどう》しないと」

「ああ。迎《むか》えの車がきてくれてるはずだ」

豪《ごう》は集《あつ》まった人々《ひとびと》に笑顔《えがお》で手をふりながら歩《ある》きだし、未知人《みちと》もその後《あと》に続《つづ》いた。

キング・シャカ国際空港《こくさいくうこう》▶

空港《くうこう》からダーバンまでは車で30分《ぷん》ほどの道《みち》のりだ。

運転《うんてん》しているのは依頼人《いらいにん》の**母親《ははおや》・ヌツィキ**さん。

家《いえ》の前《まえ》に到着《とうちゃく》して車をおりると、彼女《かのじょ》が妙《みょう》なことをいう。

「車で迎《むか》えにいったことは、**娘《むすめ》のアスリナ**には内緒《ないしょ》よ」

「なぜです？」

豪《ごう》が尋《たず》ねると、ヌツィキさんはため息《いき》をつく。

「ある日を境《さかい》に、排気《はいき》ガスをだすからって、異常《いじょう》なほど車を嫌《きら》うようになってね。私《わたし》が運転《うんてん》したのがわかると人が変《か》わったみたいに怒《おこ》るのさ。前《まえ》はそんな子じゃなかったのに」

「はあ……」

「今《いま》、アスリナは学校にいってるから、家《いえ》でまってて」

「でしたら街《まち》を散策《さんさく》してきます。小腹《こばら》もへってるので。このあたりでオススメのお店《みせ》はありますか？」

豪《ごう》が尋《たず》ねると、ヌツィキさんはいくつか店《みせ》を紹介《しょうかい》してくれた。

南《みなみ》アフリカは多民族国家《たみんぞくこっか》で、公用語《こうようご》は11もある。

◀南《みなみ》アフリカの国民食《こくみんしょく》であるバニーチャウ。食《しょく》パン１斤《きん》をくりぬいた中にカレーを入れたファストフードとして親《した》しまれている。

ズールー族《ぞく》は主《おも》にズールー語《ご》を使《つか》うが、かつてこの国《くに》はイギリスの植民地《しょくみんち》だった時代《じだい》があり、英語《えいご》も通《つう》じる。

言葉《ことば》の面《めん》では豪《ごう》や未知人《みちと》も安心《あんしん》だ。

豪《ごう》はもうひとつ質問《しつもん》する。

「ところで、ヌツィキさんはトコロシのこと、信《しん》じていらっしゃいます？」

「私《わたし》もズールー族《ぞく》だからね」

彼女《かのじょ》はニッコリ笑《わら》って、家《いえ》の中に入っていった。

ズールー族《ぞく》は祖先《そせん》を敬《うやま》い、キリスト教《きょう》と並行《へいこう》して、先祖《せんぞ》から伝《つた》わる独自《どくじ》の宗教観《しゅうきょうかん》をあわせもつ。そんな彼女《かのじょ》らしい答《こた》えだ、と未知人《みちと》は思《おも》った。

「さて、ひとまずトコロシについておさらいしようか」

豪《ごう》がパンをちぎってカレーにつけ、口に運《はこ》びながら未知人《みちと》にきりだす。

今《いま》、ふたりがいるのは地元《じもと》の人もよく利用《りよう》するカジュアルなレストラン。

注文《ちゅうもん》したのはバニーチャウという、食《しょく》パンをくりぬいて器《うつわ》にし、カレーを入れたものだ。

ダーバンはインド系《けい》の移住者《いじゅうしゃ》が多《おお》く、彼《かれ》らが作《つく》って一般《いっぱん》に広《ひろ》まった食《た》べ物《もの》である。

フォークやナイフは使《つか》わず手で食《た》べるのが普通《ふつう》で、豪《ごう》や未知人《みちと》もそのようにしている。

「物《もの》やお金を隠《かく》したりするイタズラ好《ず》きな悪霊《あくりょう》なんだよな」

未知人《みちと》はあらかじめ頭《あたま》に入れてきた情報《じょうほう》を口にだす。

「サンゴマと呼《よ》ばれる呪術師《じゅじゅつし》の使《つか》い魔《ま》だっていう説《せつ》もある。現《げん》に今《いま》も誰《だれ》かを呪《のろ》う依頼《いらい》があると、トコロシを呼《よ》びだして悪夢《あくむ》をみせたりするみたいだ」

「足はそんなに速《はや》くないんじゃないか？　**呪《のろ》いだけに、動《うご》きはのろい！**」

「子どもが殺《ころ》される事件《じけん》もあったみたいだけど、それは昔《むかし》のロンダベルっていうズールー族《ぞく》の伝統的《でんとうてき》な円錐型《えんすいがた》の住居《じゅうきょ》で、不完全燃焼《ふかんぜんねんしょう》した暖炉《だんろ》から有毒《ゆうどく》ガスが発生《はっせい》したからだと考《かんが》えられている。ガスが空気より重《おも》くて下に溜《た》まるから、低《ひく》い位置《いち》で眠《ねむ》っていた子どもが命《いのち》をおとすケースがあったって」

「無視《むし》するなよ、父《とう》さんのダジャレ……」

豪《ごう》が情《なさ》けない声《こえ》をあげるが、未知人《みちと》は構《かま》わず続《つづ》ける。

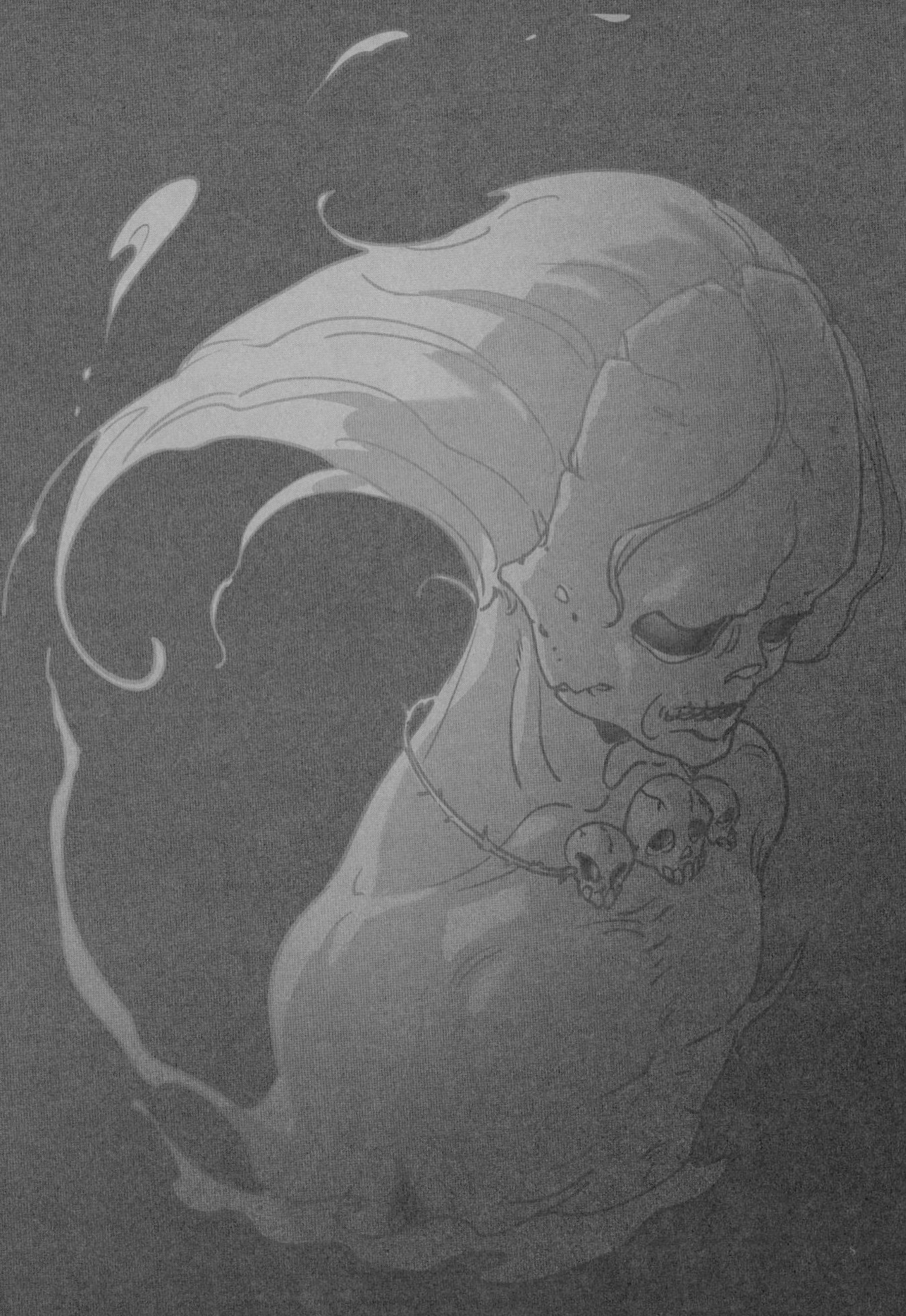

「でもこれはレンガでベッドを高《たか》くすることで、だいぶ解決《かいけつ》したみたいだ」

「ということは、命《いのち》を守《まも》る大事《だいじ》な知恵《ちえ》を忘《わす》れないため、今《いま》もトコロシが信《しん》じられているとも考《かんが》えられるな。

それで、信憑性《しんぴょうせい》を高《たか》めるために、他《ほか》にも何《なに》か悪《わる》いことがあればとりあえずトコロシのせいにしておこう、みたいな」

「ただ、トコロシについては他《ほか》にも気になることがある」

未知人《みちと》が急《きゅう》に真剣《しんけん》な面持《おもも》ちとなり、豪《ごう》は「ん？」と反応《はんのう》する。

「１９９６年、南《みなみ》アフリカの北《きた》に接《せっ》するジンバブエでの出来事《できごと》だ。当時《とうじ》、大人のいない学校の校庭近《こうていちか》くにＵＦＯ《ユーフォー》が降《お》り立ったのを62人もの子どもたちが目撃《もくげき》した。そしてＵＦＯ《ユーフォー》からでてきた生物《せいぶつ》……それがトコロシの特徴《とくちょう》と一致《いっち》していたんだ」

ＵＦＯ《ユーフォー》が絡《から》むとなれば、未知人《みちと》は見過《みす》ごすことができない。

なにしろ未知人《みちと》がまだ幼《おさな》い頃《ころ》、母《はは》はＵＦＯ《ユーフォー》にさらわれたからだ。

そして度々《たびたび》未知人《みちと》の前《まえ》に現《あらわ》れる謎《なぞ》の青年・幻《げん》もまた、ＵＦＯ《ユーフォー》を操《あやつ》っている。

今回《こんかい》の依頼《いらい》で母《はは》に近《ちか》づくことができるかもしれない。

◀アメリカのジョージア・ガイドストーン。「人類《じんるい》への警告《けいこく》」の痕跡《こんせき》は地球上《ちきゅうじょう》のいたるところに存在《そんざい》する。

そう思《おも》うだけで、未知人《みちと》の心《こころ》も一段《いちだん》と引《ひ》き締《し》まる。

「そのとき、トコロシと思《おも》われる生物《せいぶつ》はテレパシーで、地球滅亡《ちきゅうめつぼう》を招《まね》く環境破壊《かんきょうはかい》に警告《けいこく》をしたという。これは先日調査《ちょうさ》にいったジョージア・ガイドストーンにも通《つう》じるメッセージだ」

「なるほどな……」

豪《ごう》は少《すこ》し後《うし》ろめたそうな苦笑《にがわら》いをうかべ、相槌《あいづち》をうった。

未知人《みちと》はまだ、そのとき抱《いだ》いた父《ちち》やゲイトさんへの疑問《ぎもん》を解消《かいしょう》できていない。

そのとき、未知人《みちと》の少《すこ》し年下と思《おも》われる少女《しょうじょ》が店《みせ》に入ってきて、話《はな》しかけてきた。

「ミスター豪《ごう》ですね。私《わたし》、今回依頼《こんかいいらい》したアスリナです」

「はじめまして。悪《わる》いけどまだ食事中《しょくじちゅう》でね。よければ一緒《いっしょ》にどうだい？ごちそうするよ」

豪《ごう》がむかい側《がわ》の席《せき》を勧《すす》めると、アスリナは少《すこ》し遠慮《えんりょ》がちに未知人《みちと》の隣《となり》に座《すわ》る。

「じゃあ、ジュースをいただきます」

そうして、互《たが》いに軽《かる》く自己紹介《じこしょうかい》をすませると、グラスに入ったジュースがアスリナの前《まえ》に運《はこ》ばれてくる。

「よし、まずは乾杯《かんぱい》しよう」

豪《ごう》はアスリナとうちとけるために提案《ていあん》した。

だが、アスリナは不思議《ふしぎ》そうな顔《かお》をする。

「ゴウとミチトには飲《の》み物《もの》がきてないですけど」

「オレたちはこれさ」

豪《ごう》がリュックからペットボトルの水をだす。すると、アスリナの目つきが一変《いっぺん》した。

「ダメ！　ペットボトルがどれだけ地球《ちきゅう》に悪影響《あくえいきょう》があるか知《し》らないの⁉」

「え、いやあ、知《し》ってるけど……」

アスリナのものすごい剣幕《けんまく》に、豪《ごう》は気圧《けお》される。

だがアスリナはさらに強《つよ》い口調《くちょう》でまくしたてた。

「ペットボトルやプラスチック製品《せいひん》は土に分解《ぶんかい》されないし、海《うみ》にゴミとして流出《りゅうしゅつ》すれば生物《せいぶつ》にも悪影響《あくえいきょう》がでるの！　それを使《つか》うなんて、地球《ちきゅう》の破壊《はかい》に協力《きょうりょく》するようなものじゃない！」

バンッ！

アスリナが両手《りょうて》で机《つくえ》を強《つよ》くたたいた。
その後《ご》も『バンッ、バンッ』とたたき続《つづ》ける。
異変《いへん》を察《さっ》してみにきた店員《てんいん》は怯《おび》えた目をして遠巻《とおま》きにオロオロしている。
それくらい、アスリナの様子《ようす》は常軌《じょうき》を逸《いっ》していた。
「まあまあ……」
豪《ごう》がなだめてもアスリナの勢《いきお》いはとまらない。
そこでみかねた未知人《みちと》が割《わ》って入る。
「普段《ふだん》は水筒《すいとう》を持《も》ち歩《ある》いてる。でも愛用《あいよう》の水筒《すいとう》が壊《こわ》れちゃったから、仕方《しかた》なくペットボトルの水を買《か》ったんだ。環境問題《かんきょうもんだい》は知《し》ってるし、これは飲《の》みおわればちゃんとリサイクルにだすよ」

それをきくと、アスリナはブツブツいいながらも大人しくなった。

そうして、ようやく豪《ごう》は本題《ほんだい》をきりだせたのだった。

「それで、今回《こんかい》の依頼内容《いらいないよう》だけど」

「私《わたし》、トコロシに将来《しょうらい》の夢《ゆめ》を盗《ぬす》まれたんです」

「どういうこと?」

豪《ごう》が続《つづ》きを促《うなが》すと、アスリナは深刻《しんこく》そうに語《かた》りはじめる。

「ある日、学校で地球《ちきゅう》の環境問題《かんきょうもんだい》のことを知《し》ったの。それから将来《しょうらい》、地球《ちきゅう》の病気《びょうき》を治《なお》すお仕事《しごと》がしたいと思《おも》って」

「すごいなあ! だからさっきもあんなに怒《おこ》ってたんだね。それで?」

豪《ごう》が促《うなが》すと、アスリナは小さくうなずいた。

「ただ、環境問題《かんきょうもんだい》っていろいろあって。それぞれ多《おお》くの専門的《せんもんてき》な職業《しょくぎょう》の人が関《かか》わっているから、私《わたし》は何《なに》になりたいのかなって、わからなくなったんです。それで最近《さいきん》、学校の勉強《べんきょう》にも身《み》が入らなくて……これじゃ私《わたし》、何《なん》にもなれない！」

そういうと、アスリナはシクシクと泣《な》きはじめた。

「きっと私《わたし》が優柔不断《ゆうじゅうふだん》だから、トコロシが罰《ばつ》で私《わたし》の夢《ゆめ》を盗《ぬす》んだんです！」

アスリナは訴《うった》える。

そこで豪《ごう》は頭《あたま》をポリポリとかきながら少《すこ》し考《かんが》え、未知人《みちと》のほうをむく。

「未知人《みちと》って将来《しょうらい》の夢《ゆめ》、あったりするか？」

「えっ、急《きゅう》にきかれても困《こま》る……っていうか、いいだろ、オレの話《はなし》は」

突然《とつぜん》話題《わだい》をふられて、未知人《みちと》はドギマギする。

その反応《はんのう》をみて、豪《ごう》は声《こえ》をだして笑《わら》った。

「はっはっは。どうだい、アスリナさん。キミより年上の未知人《みちと》だってこんなもんだ。子どもの間《あいだ》は将来《しょうらい》の夢《ゆめ》をひとつに決《き》めなくても、いろんなことに興味《きょうみ》をもって知識《ちしき》の幅《はば》を広《ひろ》げたっていいんじゃないか？」

「……じゃあ、トコロシは？」

「気にしなくても大丈夫《だいじょうぶ》。もう少《すこ》し大きくなれば、きっと将来《しょうらい》の夢《ゆめ》がはっきりみえてくるよ。今《いま》は地球環境《ちきゅうかんきょう》を守《まも》りたいっていう思《おも》いがあるだけ立派《りっぱ》なもんだ」

豪《ごう》が明《あか》るく励《はげ》ますと、アスリナは「そうですか」と答《こた》え、ジュースの礼《れい》をいって帰《かえ》っていった。

ただ未知人《みちと》は、将来《しょうらい》の不安《ふあん》を語《かた》ったアスリナと、最初《さいしょ》に怒《いか》り、暴《あば》れた彼女《かのじょ》の姿《すがた》がとても同一人物《どういつじんぶつ》とは思《おも》えず、胸《むね》にモヤモヤしたものが残《のこ》っていた。

◆　◆　◆

「今回《こんかい》の依頼《いらい》はまさかの人生相談《そうだん》だったなあ」

ホテルの部屋《へや》に入ると、豪《ごう》は荷物《にもつ》をおろしながら呑気《のんき》にいった。

未知人《みちと》としては動画《どうが》の撮《と》れ高《だか》がないことが心配《しんぱい》なのだが、豪《ごう》にはその様子《ようす》がみられない。

大人として良《よ》いアドバイスがおくれたと満足《まんぞく》しているようだ。

「ところでコレ、みてくれよ。トコロシ除《よ》けの塩《しお》だって。売店《ばいてん》でみつけたんだ」

豪《ごう》がニヤケながら差《さ》しだしたのは、赤い粒《つぶ》で満《み》たされたビンだった。

未知人《みちと》が受《う》けとると、ラベルにはトコロシらしき怪物《かいぶつ》の絵《え》が描《か》かれている。

商品名《しょうひんめい》はそのまんま、英語《えいご》で『**トコロシ・ソルト**』である。

「最近売《さいきんう》れてるみたいだぞ。赤はズールー族《ぞく》にとって高貴《こうき》な色《いろ》で人気なんだって」

「はあ。伝説《でんせつ》に乗《の》っかったネタ商品《しょうひん》はどこにでもあるもんだね」

「そうだよなあ。コレみつけたとき、青森県《あおもりけん》のキリストの墓《はか》で食《た》べたキリストラーメンを思《おも》いだしたよ」

だが、未知人《みちと》は笑《わら》えなかった。

売《う》れているということは、それだけ多《おお》くの人にトコロシが信《しん》じられている証拠《しょうこ》だ。

もちろんアスリナやヌツィキさんのことも疑《うたが》っていたわけではないが、豪《ごう》がいった「最近《さいきん》」という言葉《ことば》が引《ひ》っかかる。

つまりトコロシの活動《かつどう》も「最近《さいきん》」活発《かっぱつ》になったことの表《あらわ》れではないだろうか。

未知人《みちと》は思考《しこう》を巡《めぐ》らせる。

「環境問題《かんきょうもんだい》か……まてよ」

「ん？　どうした、未知人《みちと》」

「トコロシが実在《じつざい》すると考《かんが》えるなら、アスリナはもしかしたら――！」

そのとき、豪《ごう》のスマホに着信《ちゃくしん》が入る。

「もしもし……ええっ⁉」

聴覚《ちょうかく》が鋭《するど》い未知人《みちと》の耳にも、豪《ごう》の電話《でんわ》の相手《あいて》・ヌツィキさんの声《こえ》がとびこんでくる。

ヌツィキさんによると、アスリナは車と駐車場《ちゅうしゃじょう》の柵《さく》を糸で結《むす》んでいたらしく、それがきれていたため、車を運転《うんてん》したのが知《し》られてしまったようだ。

そしてアスリナは暴《あば》れだし、家《いえ》をとびだしてしまったという。

未知人《みちと》はすぐさま走《はし》りだし、部屋《へや》をでる。

「まて！　どこへいくつもりだ！」

豪《ごう》も慌《あわ》てて未知人《みちと》を追《お》いかけようとしたが、ベッドに脛《すね》を強打《きょうだ》してしまい、その場《ば》にうずくまる。

未知人《みちと》はホテルをでてアスリナの家《いえ》の方向《ほうこう》へ駆《か》けていく。

外《そと》はもう暗《くら》くなっており、人通《ひとどお》りは少《すく》ない。観光地《かんこうち》とはいえ、あまり治安《ちあん》の良《よ》い土地《とち》ではないのだが、気にしてなどいられなかった。

すると道中《どうちゅう》、未知人《みちと》は人影《ひとかげ》に気がついて、少《すこ》し離《はな》れたところで立《た》ち止《ど》まった。

アスリナが何《なに》かをブツブツと呟《つぶや》きながら歩《ある》いていたのだ。

ここからでも未知人《みちと》の耳ならばアスリナが呟《つぶや》く内容《ないよう》はわかる。

「学校にいかなきゃ……トコロシが怒《おこ》ってる……」

その目は虚《うつ》ろで、何《なに》かに操《あやつ》られているようだ。

未知人《みちと》はみつからないようにアスリナの後《あと》をつけた。

するとようやく追《お》いついた豪《ごう》が未知人《みちと》に尋《たず》ねる。

「未知人《みちと》、どうなってるんだ」

「アスリナはある日を境《さかい》に、環境問題《かんきょうもんだい》に関心《かんしん》をもった。だけど、それはトコロシに洗脳《せんのう》され、操《あやつ》られていたからだ」

「なるほど。だからトコロシのように乱暴《らんぼう》するようになったんだな」

「だけどアスリナは将来《しょうらい》の夢《ゆめ》がわからなくなってしまっていた。勉強《べんきょう》に身《み》が入らなくなるほどに。もし本当《ほんとう》にこのまま勉強《べんきょう》ができなくなれば、環境問題《かんきょうもんだい》に対《たい》する興味《きょうみ》も少《すこ》しずつ薄《うす》れていってしまうだろう。そのうえ、監視《かんし》していたにもかかわらず、ヌツィキさんが車を運転《うんてん》しまったから……」

「だからトコロシの怒《いか》りを買《か》ってしまったってわけだな？」

「今《いま》、学校にむかってるみたいなんだけど、それはもしかしたら『再教育《さいきょういく》』させるためかもしれない」

「教育《きょういく》ママみたいなヤツだなあ」

「そんな生易《なまやさ》しいもんじゃない。トコロシは今《いま》でこそ『いたずら好《ず》き』くらいに思《おも》われてるけど、子どもを傷《きず》つけたり殺《ころ》したりすることもある恐《おそ》ろしい未確認生物《みかくにんせいぶつ》だ。このまだと、何《なん》らかの制裁《せいさい》を受《う》ける可能性《かのうせい》だってある。アスリナが危《あぶ》ない！」

未知人《みちと》は豪《ごう》にむかって危機感《ききかん》をあらわにする。

「それで、どうするんだ？」

「オレもいく。父《とう》さんは少《すこ》し離《はな》れたところに隠《かく》れてまってててくれないか」

「どうして！」

「トコロシは子ども好《ず》きで、大人がいないときに姿《すがた》を現《あらわ》す。あとコレ、かえしとく」

未知人《みちと》が豪《ごう》にトコロシ除《よ》けの塩《しお》を渡《わた》す。

ホテルで豪《ごう》から受《う》けとって、そのまま握《にぎ》ってきたものだ。

「効《き》き目はわからないけど、オレがもってるのがトコロシにバレたら、怒《おこ》らせたり逃《に》げられたりするかもしれない」

「……わかった。でも危険《きけん》だと思《おも》ったらすぐにでていくからな」

こうして、未知人《みちと》はアスリナを尾行《びこう》していった。


ヴーン、ヴーン……。


学校に着《つ》くと、未知人《みちと》は目を疑《うたが》った。

アスリナ以外《いがい》にも、広《ひろ》い校庭《こうてい》に子どもたちが集《あつ》まっており、上空にはきいたことがある音とともに発光《はっこう》する飛行物体《ひこうぶったい》がういていたからだ。

（UFO《ユーフォー》だ。まさか、これも幻《げん》の仕業《しわざ》か……!?）

もしかしたら子どもたちを攫《さら》おうとしているのかもしれない。

そんな危機感《ききかん》を覚《おぼ》え、校舎《こうしゃ》の影《かげ》に隠《かく》れていた未知人《みちと》は校庭《こうてい》にとびだす。
「おい、みんな目をさませ！」
しかしどんなに声《こえ》をかけても、子どもたちは一様《いちよう》に虚《うつ》ろな目をして反応《はんのう》はない。
何《なに》かに操《あやつ》られているようだ。
そのとき、飛行物体《ひこうぶったい》から音楽《おんがく》が流《なが》れてきた。
といっても、普通《ふつう》の人間《にんげん》にはきこえない超音波《ちょうおんぱ》のような音である。
しかし脳《のう》に直接響《ちょくせつひび》くその音は、マインドコントロールの効果《こうか》があるようだ。
ただ不思議《ふしぎ》と不快感《ふかいかん》はなく、むしろ眠気《ねむけ》を誘《さそ》う心地《ここち》良《よ》さすら感《かん》じる。
（なんだ……これは……）
おりてくる瞼《まぶた》をこすりながら、未知人《みちと》は周囲《しゅうい》を見回《みまわ》す。
すると、ドサリ、ドサリと子どもたちが次々《つぎつぎ》に倒《たお》れていく。
そしてついには未知人《みちと》も眠気《ねむけ》に堪《た》えられず、その場《ば》に倒《たお》れた。
暗闇《くらやみ》の中、スーッと体《からだ》がうきあがるような感覚《かんかく》。

現実感《げんじつかん》はない。

触覚《しょっかく》や嗅覚《きゅうかく》、聴覚《ちょうかく》が失《うしな》われているようだ。

(これは夢《ゆめ》だ。オレは今《いま》、夢《ゆめ》の中にいる)

夢《ゆめ》を夢《ゆめ》だと自覚《じかく》すると、ある程度自由《ていどじゆう》がきいてくる。

目をあけてみる。

すると真《ま》っ白《しろ》な空間《くうかん》に、子どもたちが半透明《はんとうめい》な姿《すがた》でうかび、漂《ただよ》っていた。

アスリナもいる。

しばらくして彼《かれ》らも目をあけると、床《ゆか》にポッカリと窓《まど》が開《ひら》く。

地面《じめん》には校庭《こうてい》で眠《ねむ》る自分《じぶん》たちの体《からだ》が転《ころ》がっている。

(幽体離脱《ゆうたいりだつ》って、こんな感《かん》じかな)

呑気《のんき》な考《かんが》えが頭《あたま》をよぎったそのとき。

窓《まど》からみえる景色《けしき》が、スマホで開《ひら》いた航空写真《こうくうしゃしん》の地図《ちず》を2本の指《ゆび》でスワイプし縮小《しゅくしょう》するかのように遠《とお》くなっていった。

自分《じぶん》たち、というかこの空間《くうかん》がすごい速《はや》さで上昇《じょうしょう》しているのだ。

景色《けしき》は次第《しだい》にダーバンの町全体《まちぜんたい》、南《みなみ》アフリカ共和国《きょうわこく》、アフリカ大陸《たいりく》へと変《か》わっていく。

そして、このまま宇宙《うちゅう》へ連《つ》れていかれるのかと思《おも》ったが、景色《けしき》の上昇《じょうしょう》はここでとまった。

景色《けしき》の右下にはマダガスカル島《とう》、右上にはアラビア半島《はんとう》から続《つづ》くユーラシア大陸《たいりく》が見《み》切《き》れている。

この高《たか》さからみるアフリカ大陸《たいりく》は、コンゴ共和国周辺《きょうわこくしゅうへん》の中心部《ちゅうしんぶ》が緑一色《みどりいっしょく》で、北側全体《きたがわぜんたい》と南側《みなみがわ》の一部《いちぶ》は赤茶《あかちゃ》けた色《いろ》をしている。

緑《みどり》は森林で、赤茶色《あかちゃいろ》は広大《こうだい》な砂漠《さばく》だ。

そんな地理《ちり》をみていると、赤茶色《あかちゃいろ》がどんどん緑色《みどりいろ》を侵食《しんしょく》し、広《ひろ》がっていく。

そして、やがてアフリカ大陸《たいりく》はほとんどが赤茶色《あかちゃいろ》で塗《ぬ》りかえられた。

さらに、今度《こんど》は景色《けしき》が急降下《きゅうこうか》し、拡大《かくだい》されていく。

すると緑豊《みどりゆた》かだったはずのダーバンの周《まわ》りは土が乾《かわ》いてひび割《わ》れ、草木が一本も生えていない荒野《こうや》になっていた。

それでも人口は増加《ぞうか》しており、飢《う》えた人々《ひとびと》がわずかな食料《しょくりょう》を奪《うば》いあっている。

（これが……アフリカ大陸《たいりく》の未来《みらい》だっていうのか）

未知人《みちと》がゾッとした恐怖《きょうふ》を感《かん》じたその瞬間《しゅんかん》――視界《しかい》は、テレビの電源《でんげん》をきるように暗転《あんてん》した。

◆　◆　◆

口の中に塩気《しおけ》を感《かん》じる。

さっきまでとは違《ちが》い、リアルな感覚《かんかく》だ。

「未知人《みちと》！　おきろ、未知人《みちと》！」

豪《ごう》の声《こえ》がきこえ、顔《かお》に何《なに》かの粒《つぶ》が当《あ》たる痛《いた》みを感《かん》じて目をあける。

「なにするんだよ、ぺっ、ぺっ！」

「良《よ》かった！　ホントに効《き》いた！」

そこは、元《もと》いた校庭《こうてい》だった。

豪《ごう》の手にはトコロシ・ソルトのビンが握《にぎ》られている。

顔《かお》にむかってこの塩《しお》を撒《ま》かれていたのだ。

豪《ごう》は安堵《あんど》した様子《ようす》で空になったビンを未知人《みちと》にむける。

「周《まわ》りで眠《ねむ》っていた子たちにも撒《ま》いたからな。**塩《しお》だけに、これで売《う》りきれ、ソールトアウトだ！**」

未知人《みちと》が見回《みまわ》すと、子どもたちも次々《つぎつぎ》に目をさましておきあがっている。

そこに、子どもを心配《しんぱい》した親《おや》たちも駆《か》けつけてきた。

アスリナもヌツィキさんに保護《ほご》されている。

アスリナは豪《ごう》と未知人《みちと》をみつけると、駆《か》けよってくる。

「とても恐《おそ》ろしい夢《ゆめ》をみたの。あれが私《わたし》たちの未来《みらい》だとしたら、避《さ》ける方法《ほうほう》を考《かんが》えたい。今《いま》は将来何《しょうらいなに》になれば叶《かな》うのかわからないけど。だから私《わたし》、それを知《し》るためにも、あらためて勉強《べんきょう》をがんばります！」

「でも、極端《きょくたん》は良《よ》くないよ。これは地球《ちきゅう》に住《す》むみんなで、できることから少《すこ》しずつ取《と》り組《く》むべき問題《もんだい》だから」

「はい。私《わたし》、目が覚《さ》めました。もう暴《あば》れたり人に無理強《むりじ》いしたりはしません！」

アスリナは力強《ちからづよ》く答《こた》えると、ヌツィキさんとともに帰《かえ》っていった。

同《おな》じように帰《かえ》っていく人々《ひとびと》の姿《すがた》を見送《みおく》りながら、未知人《みちと》は思《おも》う。

あれはきっと本当《ほんとう》にトコロシがみせた夢《ゆめ》だったのだ。

そして環境問題《かんきょうもんだい》への警告《けいこく》であるとともに、増《ふ》え続《つづ》ける人間《にんげん》にむけた強《つよ》い問《と》いかけなのだ。

ただその内容《ないよう》から推理《すいり》すると、人間《にんげん》をへらすために、幻《げん》が呪術師《じゅじゅつし》のようにトコロシを操《あやつ》っていたとも考《かんが》えられる。

いずれにせよ、イタズラ好《ず》きで悪《わる》さもするトコロシだが、彼《かれ》らが現《あらわ》れるとき、実《じつ》はなにか深《ふか》いメッセージがあるのかもしれない……。


……と、事《こと》の顛末《てんまつ》をホテルに戻《もど》った未知人《みちと》がマコからかかってきたビデオ通話《つうわ》で伝《つた》えたところ、「だったら未知人《みちと》もアスリナさんを見習《みなら》って、きちんと勉強《べんきょう》しなきゃね。そっちにいってるあいだ、まーた学校のオンライン授業《じゅぎょう》サボって！」と雷《かみなり》をおとされてしまうのだった。

3

アナベル人《にん》形《ぎょう》の呪《のろ》い

アメリカ合《がっ》衆《しゅう》国《こく》

1970年、アメリカ、コネチカット州《しゅう》に住《す》む看護《かんご》学生のドナは、母親《ははおや》から、かわいらしい人形《にんぎょう》をプレゼントされた。

赤い毛糸《けいと》の髪《かみ》と、つぶらな瞳《ひとみ》が特徴《とくちょう》のその人形《にんぎょう》は、**『ラガディ・アン・ストーリーズ』という絵本《えほん》のキャラクターをモチーフにした布製《ぬのせい》の人形《にんぎょう》だった。**

ドナは、その人形《にんぎょう》を、ルームメートのアンジーと生活《せいかつ》するアパートの部屋《へや》に飾《かざ》る。

ところが、それから数日後《すうじつご》、人形《にんぎょう》に小さな異変《いへん》がおきはじめた。

ドナとアンジーが外出《がいしゅつ》して帰《かえ》ってくると、人形《にんぎょう》のおかれた位置《いち》が、いつも微《び》妙《みょう》に変《か》わっているのだ。

気のせいかもしれないと思《おも》ったが、友人《ゆうじん》のルーにその話《はなし》をすると、悪《わる》い霊《れい》が取《と》り憑《つ》いているかもしれないから、燃《も》やしてしまったほうがいいという。

「まさかそんな……」

ドナとアンジーは、ルーの言葉《ことば》を信《しん》じなかった。

すると、また新《あら》たな異変《いへん》がおきた。

ふたりの住《す》む部屋《へや》のあちこちから、『みつけて』『ここよ』などと書《か》かれた、羊皮紙《ようひし》がみつかったのだ。

「何《なに》これ？　気味《きみ》が悪《わる》い……」

「ひょっとして、あの人形《にんぎょう》のせい？」

「ルーがいうように、人形《にんぎょう》には、何《なに》か悪《わる》い霊《れい》が取《と》り憑《つ》いているのかな？」

恐怖《きょうふ》をおぼえたドナとアンジーは、人形《にんぎょう》のことを霊媒師《れいばいし》に相談《そうだん》する。

霊媒師《れいばいし》は、人形《にんぎょう》には『アナベル・ヒギンズ』という、7歳《さい》で亡《な》くなった女の子の霊《れい》が取《と》り憑《つ》いているといった。

「アナベルは、寂《さび》しいんです。いっしょに暮《く》らしているあなた方《がた》には、親《した》しみを感《かん》じているようですよ」

霊媒師《れいばいし》の言葉《ことば》をきいたドナとアンジーは、お祓《はら》いをするのをやめ、そのままアナベル人形《にんぎょう》を部屋《へや》においておくことにした。


ところが、恐《おそ》ろしいことがおこった。

それは、いつものようにルーが、ふたりの部屋《へや》に遊《あそ》びにきていたときのこと――。

誰《だれ》もいないはずの別室《べっしつ》から、カサカサッという物音《ものおと》がきこえてきたのだ。

「何《なに》かしら？」

「もしかして……泥棒《どろぼう》？」

「あたしが、様子《ようす》をみにいってあげる」

ルーは、そういうと、音がした部屋《へや》に足を踏《ふ》み入《い》れた。

部屋《へや》には、あのアナベル人形《にんぎょう》がいた。

人形《にんぎょう》と目があった瞬間《しゅんかん》、ルーは胸《むね》に激《はげ》しい痛《いた》みを感《かん》じる。

「ううっ、何《なに》この痛《いた》み？　……きゃあああああっ！」

「ルーー！」

「どうしたの!?」

部屋《へや》にとびこんだドナとアンジーは、ルーの姿《すがた》をみて、がく然《ぜん》とする。

その胸《むね》には、真《ま》っ赤《か》な血《ち》がにじんでいたのだった。

シャツをめくると、そこには、悪魔《あくま》のサインのような爪痕《つめあと》が残《のこ》されている。

「人形《にんぎょう》が……あの人形《にんぎょう》がやったのよ！」

アナベル人形《にんぎょう》をさしながら、ルーは半狂乱《はんきょうらん》になってさけんだ。

◀ラガディ・アン＆アンデ
アメリカの国民的《こくみんてき》キャラクタ
されている。

ドナとアンジーは、人形《にんぎょう》のことを、心霊研究家《しんれいけんきゅうか》のウォーレン夫妻《ふさい》に相談《そうだん》した。

「人形《にんぎょう》に取《と》り憑《つ》いているのは、7歳《さい》の少女《しょうじょ》のふりをした悪魔《あくま》です」

ウォーレン夫妻《ふさい》は、おそるべき言葉《ことば》をふたりに告《つ》げる。

「悪魔《あくま》!?」

アナベル人形《にんぎょう》をドナたちのもとにおいておくのは危険《きけん》と判断《はんだん》したウォーレン夫妻《ふさい》は、自分《じぶん》たちが所有《しょゆう》するオカルト博物館《はくぶつかん》に人形《にんぎょう》を引《ひ》きとった。

以来《いらい》、アナベル人形《にんぎょう》は、誰《だれ》の手に渡《わた》ることもなく、博物館《はくぶつかん》の中で保《ほ》管《かん》されている。

成田《なりた》から14時間《じかん》のフライトを経《へ》て、**ニューヨークのジョン・F《エフ》・ケネディ空港《くうこう》**に到着《とうちゃく》した未知人《みちと》と豪《ごう》は、豪《ごう》が運転《うんてん》するレンタカーで、**コネチカット州《しゅう》のモンロー**を目ざしていた。

「父《とう》さん、もっと速《はや》く走《はし》れない？　急《いそ》がないと、手遅《ておく》れになるよ」

「わかってる。まにあわなかったら、一大事《いちだいじ》だからな」

ふたりがむかっているのは、モンローにあるオカルト博物館《はくぶつかん》だ。

今回《こんかい》、ふたりがそこへいく目的《もくてき》は、動画《どうが》の撮影《さつえい》ではない。

まあ、あわよくば、撮影《さつえい》もできればいいとは考《かんが》えてはいたが……。

いちばんの目的《もくてき》は、ある人物《じんぶつ》の命《いのち》を救《すく》うことだった。

その人物《じんぶつ》とは、**富豪令嬢《ふごうれいじょう》のアンナ・フィッツジェラルド**だ。

未知人《みちと》と同《おな》じ12歳《さい》のアンナは、豪《ごう》の同業者《どうぎょうしゃ》である、オーチューバー。

執事《しつじ》のアーサーとともに世界《せかい》を駆《か》け巡《めぐ》り、怪奇現象《かいきげんしょう》をネタにした動画《どうが》を撮《と》っている。

しかし、その動画《どうが》は「科学《かがく》の力でオカルトのウソを暴《あば》く」といった内容《ないよう》のもので、オカルトファンの間《あいだ》では、しばしば炎上《えんじょう》の的《まと》となっていた。

そんなアンナにも、一度《いちど》だけ、オカルトにのめりこんだ過去《かこ》がある。

降霊会《こうれいかい》で降霊術師《こうれいじゅつし》に、亡《な》くなった姉《あね》の霊《れい》をみせられ、すっかり信《しん》じてしまったのだ。

ところが、降霊術師《こうれいじゅつし》は、幻《げん》が化《ば》けたニセモノとわかった。

姉《あね》の霊《れい》は、幻《げん》が作《つく》りだしたまぼろしだったのだ。

以来《いらい》、アンナは、以前《いぜん》にも増《ま》して、オカルト嫌《ぎら》いになったらしい。

執事《しつじ》のアーサーによると、幻《げん》と遭遇《そうぐう》した一連《いちれん》のできごとは、いつのまにか記憶《きおく》からぬきとられ、アンナはあのときのことをほとんど何《なに》も覚《おぼ》えていないという。

そのアンナが、自身《じしん》の動画《どうが》で、こう宣言《せんげん》したのだった。


「私《わたし》は、アナベル人形《にんぎょう》に挑戦《ちょうせん》する！」

博物館《はくぶつかん》に引《ひ》きとられてからも呪《のろ》いのウワサが絶《た》えない悪魔《あくま》の人形《にんぎょう》・アナベルを、わざと怒《おこ》らせて、呪《のろ》いや霊《れい》がこの世《よ》にないことを身《み》をもって証明《しょうめい》してみせると、アンナは世間《せけん》にむかって公言《こうげん》してしまったのである。

『ゴウさま、どうかお願《ねが》いです！　お嬢《じょう》さまを助《たす》けてください！　ゴウさまやミチトさまが説得《せっとく》してくだされば、お嬢《じょう》さまもお考《かんが》えを変《か》えてくださると思《おも》うのです！』

アナベル人形《にんぎょう》の呪《のろ》いを信《しん》じるアーサーは、電話《でんわ》で豪《ごう》にそう泣《な》きついてきた。

アンナをとめてくれたら「謝礼《しゃれい》に糸目はつけない」という。

アーサーの必死《ひっし》の懇願《こんがん》に心《こころ》を動《うご》かされたふたりは、こうして急遽《きゅうきょ》、日本《にほん》から、はるばるアメリカへとやってくることになったのだ。

しかし、飛行機《ひこうき》の遅延《ちえん》で、ふたりは窮地《きゅうち》に立たされた。

アンナとアーサーは、すでに昨日《きのう》から、モンローのホテルに滞在《たいざい》していた。

朝食《ちょうしょく》をすませたら、アンナはアーサーの制止《せいし》をふりきって、博物館《はくぶつかん》にむかってしまうだろう。

「未知人《みちと》、シートベルトはちゃんと締《し》めてるな？　とばすぞ！」

豪《ごう》は、アクセルを踏《ふ》みこんだ。

「チラララ～！」

未知人《みちと》の膝《ひざ》のうえにいたチラは、車がスピードをあげたことに驚《おどろ》き、鳴《な》き声《ごえ》をあげた。

未知人《みちと》と豪《ごう》がモンローにたどり着《つ》いたのは、空港《くうこう》をでて2時間後《じかんご》のことだった。

ニューヨークの喧騒《けんそう》とは対照的《たいしょうてき》に、こちらは、のどかな田園地帯《でんえんちたい》。

町のあちこちにみえる雑木林《ぞうきばやし》からは、鳥《とり》のさえずりがきこえている。

「お嬢《じょう》さま、どうかお考《かんが》えをあらためてください！　あの人形《にんぎょう》は危険《きけん》です！」

「アーサー、クドいわ！　何度《なんど》、同《おな》じことを繰《く》りかえせば気がすむの！」

とある高級《こうきゅう》ホテルの前《まえ》を通《とお》りすぎようとしたとき、アーサーとアンナのいい争《あらそ》う声《こえ》がきこえてきた。

聴覚《ちょうかく》が異常《いじょう》なほどすぐれた未知人《みちと》の耳は、その声《こえ》を聞《き》き逃《のが》さなかった。

「父《とう》さん、アンナたちは、まだホテルの中にいるよ」

豪《ごう》と未知人《みちと》は、停《と》めた車にチラを残《のこ》し、ホテル内《ない》のレストランへと走《はし》る。

アンナとむきあって朝食《ちょうしょく》の席《せき》にいたアーサーは、ふたりの姿《すがた》をみるなり、「まってました」とばかりに立ちあがった。

「ゴウさま、ミチトさま、どうぞこちらに！　おふたりの分《ぶん》のご朝食《ちょうしょく》も、すぐに用意《ようい》させます」

未知人《みちと》と豪《ごう》は、アンナたちのいるテーブルにつく。

アンナは、あからさまに不機嫌《ふきげん》な顔《かお》だ。アーサーに、小声《こごえ》で文句《もんく》をいう。

「……どうして、このふたりを呼《よ》んだのよ」

そんな中、豪《ごう》は、さっそくアンナの説得《せっとく》にかかった。

「アンナちゃん、『君子《くんし》、危《あや》うきに近寄《ちかよ》らず』っていう日本《にほん》のことわざを知《し》ってるかな？

『徳《とく》のある人は危《あぶ》ない場所《ばしょ》には近《ちか》づかない』っていう意味《いみ》の教訓《きょうくん》なんだけど……」

豪《ごう》は、ことわざを例《れい》にあげて、アンナを思《おも》いとどまらせようとした。

しかし、アンナに、1ミリも心《こころ》を動《うご》かされた様子《ようす》はなかった。

豪《ごう》は、困《こま》ったように肩《かた》をすくめる。

日本《にほん》を発《た》つ前《まえ》、動画編集《どうがへんしゅう》に追《お》われていた豪《ごう》は、アナベル人形《にんぎょう》のことを詳《くわ》しく調《しら》べている時間《じかん》がなかったようで……ほかにアンナを説得《せっとく》する材料《ざいりょう》がなかったのだ。

そこで未知人《みちと》が、かわりに説得《せっとく》を試《こころ》みることになった。

「アンナ……」

未知人《みちと》は、あらたまった顔《かお》で、アンナに呼《よ》びかける。

「博物館《はくぶつかん》でアナベル人形《にんぎょう》を挑発《ちょうはつ》した人たちが、事故《じこ》で亡《な》くなったり、重症《じゅうしょう》を負《お》ったりしたことは、キミも知《し》ってるよね？」

実《じつ》は、アナベル人形《にんぎょう》の呪《のろ》いは、博物館《はくぶつかん》に引《ひ》きとられたあとも続《つづ》いていた。

ウォーレン夫妻《ふさい》は、人形《にんぎょう》をガラスの扉《とびら》がついたケースに入れ、展示《てんじ》していたが、あるとき、博物館《はくぶつかん》を訪《おとず》れたひとりの男が、ケースをたたきながら、アナベル人形《にんぎょう》を挑発《ちょうはつ》したのである。

「呪《のろ》えるもんなら、呪《のろ》ってみろ！」

男性《だんせい》は、その直後《ちょくご》、バイクの事故《じこ》で亡《な》くなったという。

悲劇《ひげき》は、それだけではおわらなかった。

別《べつ》の日に博物館《はくぶつかん》にやってきた神父《しんぷ》が、何《なに》を思《おも》ったのか、いきなりアナベル人形《にんぎょう》をケースからとりだすと、こうさけんだのだ。

「悪魔《あくま》より、神《かみ》の力のほうが偉大《いだい》だ！」

さけびながら神父《しんぷ》は、人形《にんぎょう》を放《ほう》り投《な》げたという。

その日の帰《かえ》り道《みち》、神父《しんぷ》はトラックに衝突《しょうとつ》する大事故《だいじこ》にあった。

「幸《さいわ》い、神父《しんぷ》の命《いのち》に別状《べつじょう》はなかったらしいけど、事故《じこ》の瞬間《しゅんかん》、バックミラーに映《うつ》るアナベル人形《にんぎょう》の姿《すがた》をみたと証言《しょうげん》してるんだ。このふたつのできごとをとっただけでも、アナベル人形《にんぎょう》の呪《のろ》いが本当《ほんとう》だという可能性《かのうせい》は高《たか》いと思《おも》わないか？」

未知人《みちと》は、そういって、アンナを説得《せっとく》しようとした。

しかし、アンナは、ツンとしながら答《こた》える。

「バイク男と神父《しんぷ》が事故《じこ》にあった話《はなし》なら、私《わたし》だって知《し》ってるわ。でも、彼《かれ》らは、呪《のろ》いのせいで死《し》んだり、ケガをしたわけじゃない。交通事故《こうつうじこ》のせいでそうなったのよ」

「たしかに、その通《とお》りかもしれない」

「いや、納得《なっとく》してどうすんだ⁉」

豪《ごう》のツッコミを無視《むし》して、未知人《みちと》は続《つづ》ける。

「たしかに呪《のろ》いの存在《そんざい》が科学《かがく》で証明《しょうめい》できない以上《いじょう》、呪《のろ》いによって事故《じこ》がおきたという因《いん》果関係《がかんけい》を証明《しょうめい》することはできない。しかし、相関関係《そうかんかんけい》はどうだろう？」

「相関関係《そうかんかんけい》？」

「ふたりの人間《にんげん》が、アナベル人形《にんぎょう》を挑発《ちょうはつ》した直後《ちょくご》に、事故《じこ》にあった。そんなことが偶然《ぐうぜん》におきる可能性《かのうせい》は、どれほどの確率《かくりつ》だと思《おも》う？」

理路整然《りろせいぜん》とした未知人《みちと》の言葉《ことば》に、アンナは黙《だま》りこむ。

すると、すかさず、アーサーがいった。

「お嬢《じょう》さま、どうか危《あぶ》ないことはおやめください。最近《さいきん》、私《わたし》は血圧《けつあつ》が高《たか》いのです。胃《い》にも軽《かる》い潰瘍《かいよう》ができていると、主治医《しゅじい》からもいわれました」

「……わかったわ」

アーサーの泣《な》きおとしが効《き》いたのか、アンナはしおらしく答《こた》える。

「アナベル人形《にんぎょう》を挑発《ちょうはつ》するのはやめる。でも、せっかくここまできたんだから、ひと目、人形《にんぎょう》をみてみたいの。ねえ、アーサー、みるだけならいいでしょう？」

「そ、そうですね。みるだけなら……」

アーサーは、歯切《はぎ》れの悪《わる》い口調《くちょう》だった。

オカルト博物館《はくぶつかん》には、駐車場《ちゅうしゃじょう》が完備《かんび》されていなかった。

豪《ごう》と未知人《みちと》もアンナたちに同行《どうこう》し、一同《いちどう》は徒歩《とほ》でそこにやってくる。

建物《たてもの》の外観《がいかん》は、博物館《はくぶつかん》というより、ふつうの民家《みんか》に近《ちか》かった。

その庭《にわ》には、緑《みどり》ゆたかな木々《きぎ》が生《お》い茂《しげ》り、のどかな佇《たたず》まいをみせている。

「お嬢《じょう》さま、残念《ざんねん》でしたね」

庭《にわ》を通《とお》って、建物《たてもの》の前《まえ》までやってきたとき、アーサーはうれしそうな顔《かお》でいった。

なんと、博物館《はくぶつかん》は閉鎖《へいさ》されていたのだ。

豪《ごう》がご近所《きんじょ》の人をつかまえて尋《たず》ねたところ、閉鎖《へいさ》の理由《りゆう》は、アナベル人形《にんぎょう》の呪《のろ》いのせいではなく、近隣《きんりん》からの苦情《くじょう》が原因《げんいん》とのことらしい。

田舎《いなか》の民家《みんか》のような博物館《はくぶつかん》に、連日《れんじつ》、大勢《おおぜい》の見物客《けんぶつきゃく》が訪《おとず》れ、路上駐車《ろじょうちゅうしゃ》をしまくったせいで、渋滞《じゅうたい》がおきるようになり、閉館《へいかん》を余儀《よぎ》なくされたのだという。

「お嬢《じょう》さま、これでもう、あきらめがついたでしょう？　人形《にんぎょう》の取材《しゅざい》はやめて、イギリスに帰《かえ》りましょう。そうそう、ニューヨークでお買《か》い物《もの》などされてはいかがですか？」

アーサーの言葉《ことば》に、アンナはニヤリとしながら、こういいかえしてきた。

「博物館《はくぶつかん》の閉鎖《へいさ》のことなら、とっくの昔《むかし》に知《し》ってるわ。だから、事前《じぜん》に取材《しゅざい》の許可《きょか》をもらっておいたの。パパのコネを使《つか》ってね」

「コネチカットだけに……コネ使《つか》ったと!?」

シャレにならないタイミングで繰《く》りだされた豪《ごう》のダジャレに、アーサーは苦《にが》い顔《かお》だ。

「博物館《はくぶつかん》の合鍵《あいかぎ》も、管理者《かんりしゃ》から事前《じぜん》におくってもらっておいたわ。……さ、入りましょう」

アーサーの心配《しんぱい》など、どこ吹《ふ》く風《かぜ》で、アンナは扉《とびら》の鍵《かぎ》をあけると、先に立って館内《かんない》に足を踏《ふ》み入《い》れた。

博物館《はくぶつかん》の中は、うす暗《ぐら》かった。

有名《ゆうめい》なアナベル人形《にんぎょう》のほかにも、悪魔《あくま》の偶像《ぐうぞう》や、アフリカやエジプトの呪《のろ》われたマスクなど、怪《あや》しげな品々《しなじな》ばかりが所狭《ところせま》しと並《なら》んでいる。

ウォーレン夫妻《ふさい》は、過去《かこ》60年にわたり、1万件以上《まんけんいじょう》の超常現象《ちょうじょうげんしょう》を解決《かいけつ》してきた。

飾《かざ》られた品々《しなじな》は、その過程《かてい》で、ふたりが回収《かいしゅう》したモノたちなのだという。

「おおっ、これがウワサのアナベル人形《にんぎょう》か！　なるほど、いかにも呪《のろ》いの人形《にんぎょう》らしい、恐《おそ》ろしい顔《かお》をしているなぁ……」

豪《ごう》は、ガラスケースに入った、白いドレスの人形《にんぎょう》をさしながらいった。

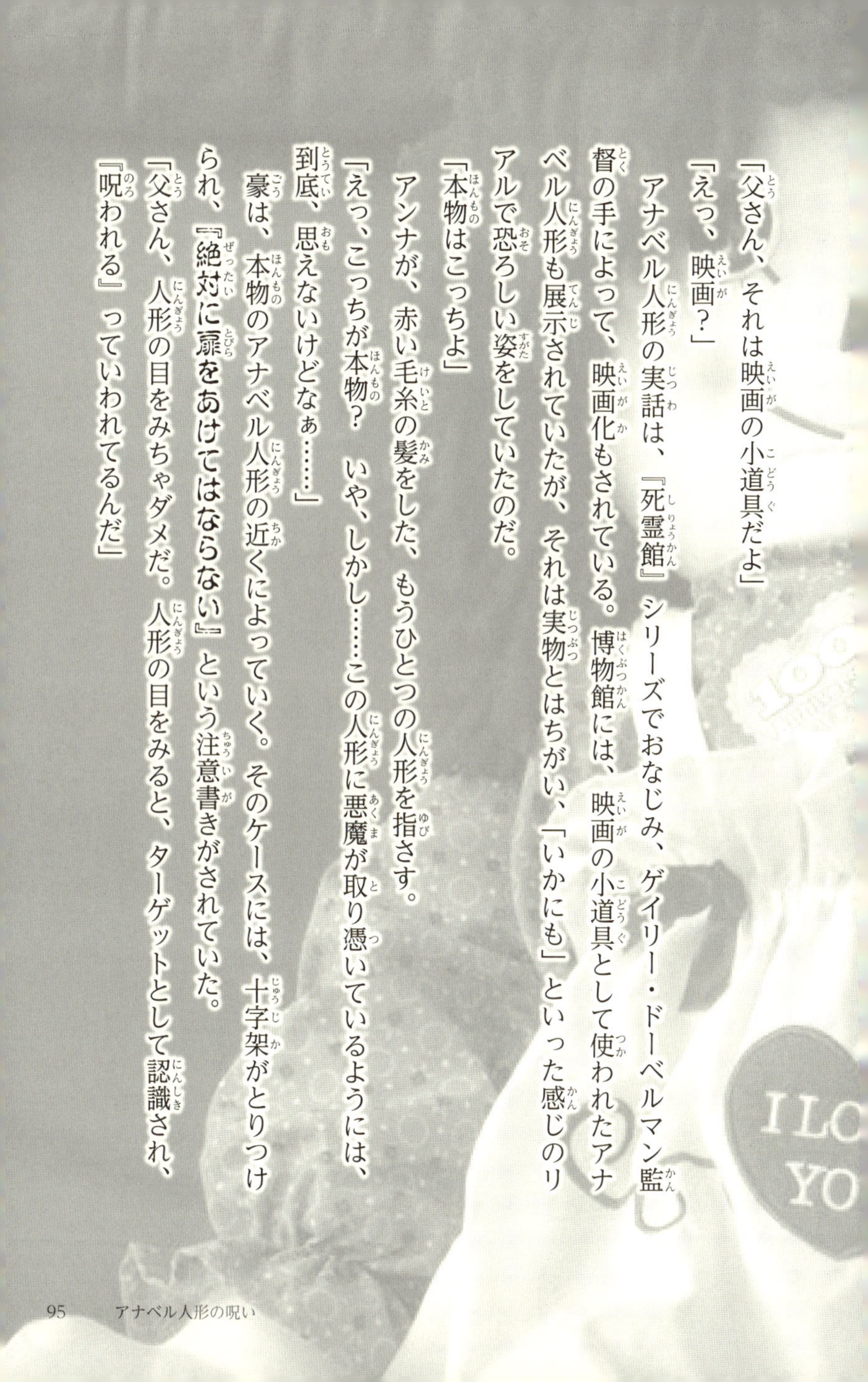

「父《とう》さん、それは映画《えいが》の小道具《こどうぐ》だよ」

「えっ、映画《えいが》？」

アナベル人形《にんぎょう》の実話《じつわ》は、『死霊館《しりょうかん》』シリーズでおなじみ、ゲイリー・ドーベルマン監《かん》督《とく》の手によって、映画化《えいがか》もされている。博物館《はくぶつかん》には、映画《えいが》の小道具《こどうぐ》として使《つか》われたアナベル人形《にんぎょう》も展示《てんじ》されていたが、それは実物《じつぶつ》とはちがい、「いかにも」といった感《かん》じのリアルで恐《おそ》ろしい姿《すがた》をしていたのだ。

「本物《ほんもの》はこっちよ」

アンナが、赤い毛糸《けいと》の髪《かみ》をした、もうひとつの人形《にんぎょう》を指《ゆび》さす。

「えっ、こっちが本物《ほんもの》？　いや、しかし……この人形《にんぎょう》に悪魔《あくま》が取《と》り憑《つ》いているようには、到底《とうてい》、思《おも》えないけどなぁ……」

豪《ごう》は、本物《ほんもの》のアナベル人形《にんぎょう》の近《ちか》くによっていく。そのケースには、十字架《じゅうじか》がとりつけられ、『絶対《ぜったい》に扉《とびら》をあけてはならない』という注意書《ちゅういが》きがされていた。

「父《とう》さん、人形《にんぎょう》の目をみちゃダメだ。人形《にんぎょう》の目をみると、ターゲットとして認識《にんしき》され、『呪《のろ》われる』っていわれてるんだ」

「マ…マジか？」

豪《ごう》は、あわてて一歩《いっぽ》、ひいた。

「アーサー、アナベル人形《にんぎょう》を撮影《さつえい》してくれる？」

ひと通《とお》り博物館《はくぶつかん》の中を見学したあと、アンナがアーサーにいった。

「かしこまりました、お嬢《じょう》さま」

アーサーは、撮影機材《さつえいきざい》の準備《じゅんび》をはじめる。

「じゃあ、オレもちょっくら、撮《と》らせてもらいますか」

そういって、豪《ごう》もカメラを手にした。

しかし、未知人《みちと》だけは、アンナから目を離《はな》さなかった。

アンナが博物館《はくぶつかん》で、何《なに》かしでかすかもしれないと踏《ふ》んでいたからだ。

アンナの動《うご》きを目で追《お》う未知人《みちと》。

そのとき、突然《とつぜん》、背後《はいご》から、声《こえ》がきこえてきた。

「まあ、かわいい！」

ふりかえると、そこにいたのは、7歳《さい》くらいの女の子だった。

まるでアンナのような、白いクラシックロリータのドレスを身《み》にまとった女の子は、うれしそうな顔《かお》でチラをなでている。

「チラ、いつのまに外《そと》にでたんだ⁉」

未知人《みちと》は、ポケットの中にいたはずのチラが、外《そと》にでていたことに驚《おどろ》く。

「勝手《かって》に歩《ある》き回《まわ》っちゃダメだろ」

チラをポケットに戻《もど》すと、未知人《みちと》は女の子に尋《たず》ねた。

「キミ、どっから入ってきたの？」

女の子は答《こた》えず、ただニコニコと、こちらを見返《みかえ》すばかりだ。

未知人《みちと》は、屈《かが》みこんで視線《しせん》をあわせながら、女の子にいいきかせた。

「あのね、ここは入ってきちゃいけない場所《ばしょ》なんだ。遊《あそ》ぶんなら、外《そと》で……」

——そのときだった。

「お嬢《じょう》さまっ‼」

アーサーのさけび声《ごえ》が、館内《かんない》に響《ひび》きわたった。

みると、アンナが、アナベル人形《にんぎょう》のケースを激《はげ》しくたたいている。

「呪《のろ》えるものなら、呪《のろ》ってごらんなさいよ！」

アンナのこの暴挙《ぼうきょ》に、その場《ば》にいた一同《いちどう》は真《ま》っ青《さお》になった。

「お嬢《じょう》さま、なんてことを……！」

アーサーは、がく然《ぜん》としながら、その場《ば》に崩《くず》れおち、顔《かお》を覆《おお》う。

「……どうしましょう。このままでは、お嬢《じょう》さまが……アンナお嬢《じょう》さまが死《し》んでしまいます！　……かくなるうえは、私《わたし》がお嬢《じょう》さまの身代《みが》わりに……」

アーサーは、すっくと立ちあがると、アナベル人形《にんぎょう》のケースに近《ちか》づく。

そして、自《みず》らもケースをたたこうと、こぶしをふりあげた。

「アーサーさん、やめなって！」

豪《ごう》と未知人《みちと》は、両脇《りょうわき》からアーサーの腕《うで》にしがみつき、必死《ひっし》にとめる。

「はっ……離《はな》してください！　お嬢《じょう》さまに呪《のろ》いがかかるのを防《ふせ》ぐには、こうするしかないんです！」

「あんたが呪《のろ》われたからって、アンナちゃんが助《たす》かるとは限《かぎ》らんだろ⁉」

「いや、しかし、ターゲットがふたりになれば、お嬢《じょう》さまにかかる呪《のろ》いの力を軽減《けいげん》できるかもしれませんし……」

「もういい、アーサー、やめて！」

アンナの声《こえ》に、もみあっていた一同《いちどう》は、動《うご》きをとめた。

「もう、何《なん》なのよ！　大のおとなが呪《のろ》い、呪《のろ》いって、バッカじゃない!?　そんなもの、ただの迷信《めいしん》に決《き》まってるじゃない！」

アンナは、それだけいうと、博物館《はくぶつかん》をとびだしていく。

「アンナ！」

「お嬢《じょう》さま！」

一同《いちどう》は、アンナのあとを追《お》いかけた。

アンナを追《お》い、庭《にわ》にでた未知人《みちと》は、ふと、立《た》ち止《ど》まる。

（……あれ？　そういえば、あの子はどこにいったんだろう？）

白いドレスを着《き》た少女《しょうじょ》のことを、未知人《みちと》は思《おも》いだしたのだ。

気がついたとき、少女《しょうじょ》は博物館《はくぶつかん》の中にいなかった。

大騒《おおさわ》ぎする自分《じぶん》たちに驚《おどろ》いて、でていってしまったのだろうか？


「おーい、アンナちゃーん！」「お嬢《じょう》さまーっ！」

豪《ごう》とアーサーは、姿《すがた》のみえないアンナを捜《さが》して、庭《にわ》をウロウロしはじめる。

未知人《みちと》は、ふたりをその場《ば》に残《のこ》し、通《とお》りにでた。

（この辺《あた》りは、人通《ひとどお》りの少《すく》ない住宅街《じゅうたくがい》だ。ゴスロリの目立つ服装《ふくそう》をしたアンナがいたら、すぐにみつかるはず……）

未知人《みちと》は、そう思《おも》い、周囲《しゅうい》を見回《みまわ》す。

そのとき、路地《ろじ》を曲《ま》がろうとしているアンナの姿《すがた》が目に入った。

「アンナ！」

未知人《みちと》は、猛《もう》スピードで、アンナを追《お》いかけていく。

「こないで！」

アンナは、立《た》ち止《ど》まり、さけんだ。

「私《わたし》はただ、霊《れい》も呪《のろ》いもないことを証明《しょうめい》したかっただけなの。誰《だれ》も巻《ま》きこむつもりはなかったのに……」

それをきいて、未知人《みちと》は悟《さと》った。アンナが博物館《はくぶつかん》をとびだした理由《りゆう》は、アーサーが巻《ま》き添《ぞ》えになるのを防《ふせ》ぐためだったのだ――と。

「アンナ、わかったから、もうバカなマネはやめろ。これ以上《いじょう》、アーサーさんに心配《しんぱい》をかけるな」

しかし、アンナは、未知人《みちと》の言葉《ことば》を無視《むし》して、再《ふたた》び走《はし》りだす。

路地《ろじ》をぬけた先には、車が往来《おうらい》する大きな通《とお》りがあった。

通《とお》りを横切《よこぎ》ろうとしたアンナ。

その左手から、トラックが轟音《ごうおん》をあげ、走《はし》ってくるのがみえた。

「アンナ、危《あぶ》ない！」

未知人《みちと》はさけんだが、アンナはこのとき、何《なに》かに気をとられていた。

「人形《にんぎょう》が……」

目を見開《みひら》いて、一点《てん》をみつめ、その場《ば》を動《うご》かなくなる。

（まずい……！）

未知人《みちと》は、アンナを助《たす》けようと、無我夢中《むがむちゅう》で道路《どうろ》にとびだした。

アンナに追《お》いつき、引《ひ》き戻《もど》そうとした未知人《みちと》。そのとき、ハッと凍《こお》りつく。

道路《どうろ》の反対側《はんたいがわ》、メタセコイアの並木《なみき》の下に、あの白いドレスの少女《しょうじょ》が立っていたのだった。

少女《しょうじょ》の目は、白く、不気味《ぶきみ》に光《ひか》っていた。

その口が動《うご》き、何《なに》やら呪文《じゅもん》のような言葉《ことば》をとなえはじめる。

「エグゾルチザムス・テ、オムニス・インムンドゥス・スピリトゥス……」

次《つぎ》の瞬間《しゅんかん》、トラックが未知人《みちと》とアンナの眼前《がんぜん》に迫《せま》ってきた。

（……もうダメだ）

未知人《みちと》は、死《し》を覚悟《かくご》して、目を閉《と》じる。１秒《びょう》、２秒《びょう》……と、時間《じかん》がすぎていった。

再《ふたた》び目をあけたとき、未知人《みちと》は、アンナを庇《かば》うように抱《だ》いたまま、道路《どうろ》の反対側《はんたいがわ》に立っていた。

（……あれ？）

走《はし》りさっていくトラックが、道路《どうろ》の前方《ぜんぽう》に小さくみえる。

（……どうやって助《たす》かったんだろう？）

メタセコイアの並木《なみき》の下に、白いドレスの少女《しょうじょ》の姿《すがた》は、すでになかった。

「もしかして……あの子が？」

未知人《みちと》は、そうつぶやくと、ぼう然《ぜん》としながら、空をみあげた。


帰《かえ》りの飛行機《ひこうき》の中、未知人《みちと》はイビツな形《かたち》のクッキーをかじっていた。

それは、命《いのち》を助《たす》けてくれたお礼《れい》にと、アンナがくれたものだった。

アーサーによると、クッキーはホテルの厨房《ちゅうぼう》を借《か》りてアンナが手作《てづく》りしたもので、最《さい》大限《だいげん》の感謝《かんしゃ》の気持《きも》ちの表現《ひょうげん》なのだという。

「ああみえて、アンナちゃん、かわいいとこあるじゃないか。あの子が無事《ぶじ》で、ほんとによかったな」

豪《ごう》は、ニヤニヤしながらいったあと、不思議《ふしぎ》そうに尋《たず》ねる。

「それにしても……アンナちゃんはトラックにひかれる寸前《すんぜん》で、おまえに助《たす》けられたっ

ていってたけど、いったいどうやって、あの子を助《たす》けたんだ？」

未知人《みちと》は、しばし考《かんが》えてから、答《こた》えた。

「……オレが助《たす》けたんじゃないよ」

「……えっ？」

「助《たす》けたのは、アナベルだ」

「アナベルって……人形《にんぎょう》に取《と》り憑《つ》いてるっていう少女《しょうじょ》の霊《れい》？」

「アナベルは、何《なに》か呪文《じゅもん》のようなものを唱《とな》えてたんだ。てっきり呪《のろ》いの呪文《じゅもん》かと思《おも》ったんだけど……調《しら》べてみたら、ラテン語《ご》の悪魔《あくま》祓《ばら》いの呪文《じゅもん》だった」

「つまり、その呪文《じゅもん》でアナベルが、アンナにかけられた呪《のろ》いを解《と》いてくれたと？」

豪《ごう》の言葉《ことば》に、未知人《みちと》はうなずく。

「オレが思《おも》うに、あの人形《にんぎょう》には、ふたつの霊《れい》が取《と》り憑《つ》いているんだと思《おも》う。ひとつは、7歳《さい》の少女《しょうじょ》・アナベルの霊《れい》。そして、もうひとつは、『悪魔《あくま》』の……」

人形《にんぎょう》の持《も》ち主《ぬし》だったドナと、ルームメートのアンジーは、アナベル人形《にんぎょう》をおいていた部屋《へや》のあちこちから、『みつけて』『ここよ』などと書《か》かれた羊皮紙《ようひし》を発見《はっけん》したといっていた。

その中には、『ルーを助《たす》けて』と書《か》かれたものもあったという。

アナベルは、人形《にんぎょう》に取《と》り憑《つ》いたもうひとつの霊《れい》——『悪魔《あくま》』が、ルーを狙《ねら》っていることを知《し》っていたのかもしれない。

アナベルは、ルーを救《すく》おうとしていたのではないかと、未知人《みちと》は語《かた》る。

「あのときもアナベルは、呪文《じゅもん》で呪《のろ》いを解《と》き、オレたちをトラックの前《まえ》から瞬間移動《しゅんかんいどう》させて、命《いのち》を助《たす》けてくれたんだ。オレとアンナと、それからリュックの中にいたチラを……」

未知人《みちと》の話《はなし》に、豪《ごう》は言葉《ことば》を忘《わす》れたかのように、ポカンとなった。

「ま……おまえがそういうなら、そういうことなのかもしれないな。**アナベルだけに、信《アナ》じられないような話《ビリーバベル》だけど……**」

『アナベル』と『アンビリーバブル』をかけたつもりらしかったが、豪《ごう》のダジャレは、あまりにもお粗末《そまつ》なものだった。

4

ドッペルゲンガー、旅《たび》をする

世界《せかい》

1860年、アメリカ大統領選挙《だいとうりょうせんきょ》を目前《もくぜん》に控《ひか》えた**エイブラハム・リンカーン**がソファーで横《よこ》になり休んでいたある夜《よる》のこと。

たまたま鏡《かがみ》を覗《のぞ》くと、そこには自分《じぶん》の顔《かお》がふたつ並《なら》んで映《うつ》っていた。

驚《おどろ》いたリンカーンはふりかえるが、もちろん自分《じぶん》の隣《となり》にもうひとりの自分《じぶん》などいるわけがない。

ところが、もう一度《いちど》鏡《かがみ》をみると、やはり自分《じぶん》の顔《かお》がふたつある。

それも、もうひとりの自分《じぶん》はよくみると顔色《かおいろ》がとても青白く、まるで幽霊《ゆうれい》のようだった。

そんな自分《じぶん》の顔《かお》が、鏡《かがみ》の中からジッとこちらをみていたのだ。

第二《だいに》の自分《じぶん》が鏡《かがみ》に映《うつ》ったことでリンカーンは、自分《じぶん》がこのまま大統領選挙《だいとうりょうせんきょ》に勝《か》ち、二期目《きめ》まで再選《さいせん》される吉兆《きっちょう》だと考《かんが》えた。

そして、その出来事《できごと》を妻《つま》・メアリに話《はな》す。

しかしそれをきいたメアリの反応《はんのう》はリンカーンが期待《きたい》していたようなものではなかった。

「あなたは二期目《きめ》まで再選《さいせん》を果《は》たす偉大《いだい》な大統領《だいとうりょう》となるかもしれない。でも、幽霊《ゆうれい》のような顔《かお》というのは、あなたが二期目《きめ》をまっとうできないことを暗示《あんじ》しているみたいで、恐《おそ》ろしいわ」

だがリンカーンは心配性《しんぱいしょう》な妻《つま》の言葉《ことば》を大して気に留《と》める様子《ようす》もなく、選挙活動《せんきょかつどう》に邁進《まいしん》する。

それから数日後《すうじつご》。晴《は》れて第《だい》16代《だい》アメリカ大統領《だいとうりょう》となったリンカーン。

だが、いざ大統領《だいとうりょう》になってみると、あの日の夜《よる》、鏡《かがみ》の中に現《あらわ》れたもうひとりの自分《じぶん》の存在《そんざい》が吉兆《きっちょう》なのか、妻《つま》が考《かんが》えるように不吉《ふきつ》な兆候《ちょうこう》なのかを気にするようになった。

そして何度《なんど》も鏡《かがみ》がみえるようにソファーに寝転《ねころ》んでみるのだが、あのときの分身《ぶんしん》は二度《にど》と現《あらわ》れることがなかった。

そうして、1865年4月14日。

再選《さいせん》されて二期目《きめ》となっていたリンカーン大統領《だいとうりょう》は劇場《げきじょう》にて観劇中《かんげきちゅう》、暗殺者《あんさつしゃ》の銃《じゅう》による凶弾《きょうだん》に倒《たお》れ、**翌日《よくじつ》に死亡《しぼう》が宣告《せんこく》された。**

なんとリンカーンの予想《よそう》と妻《つま》の予想《よそう》が、どちらも当《あ》たって

◀エイブラハム・リンカーン大統領《だいとうりょう》。第《だい》16代《だい》アメリカ合衆国大統領《がっしゅうこくだいとうりょう》に就任《しゅうにん》し、偉《い》大《だい》な解放者《かいほうしゃ》や「奴隷解放《どれいかいほう》の父《ちち》」とも呼《よ》ばれた。

しまったのだ。

こうした『もうひとりの自分《じぶん》』は、ドイツの詩人《しじん》・ハイネの『帰郷《ききょう》』という作品《さくひん》にも影法師《かげぼうし》という存在《そんざい》で描《えが》かれ、音楽家《おんがくか》・シューベルトによって作曲《さっきょく》された『ドッペルゲンガー』という歌曲《かきょく》のタイトルで知《し》られることとなった。

ただ、こうしたもうひとりの自分《じぶん》との遭遇《そうぐう》はかなり古《ふる》くから世界中《せかいじゅう》で報告《ほうこく》されており、リンカーンのみならず著名人《ちょめいじん》自身《じしん》によるドッペルゲンガー目撃例《もくげきれい》も多《おお》い。

有名《ゆうめい》なところでは、16世紀《せいき》イギリス国王《こくおう》・エリザベス一世《せい》や、17世紀《せいき》の作《さっ》家《か》・政治家《せいじか》であるゲーテ、18世紀《せいき》のロシアの女帝《じょてい》・エカテリーナ二世《せい》などがドッペルゲンガーをみたとされている。

また日本《にほん》でも『羅生門《らしょうもん》』や『地獄変《じごくへん》』などで有名《ゆうめい》な小説家《しょうせつか》・芥川龍之介《あくたがわりゅうのすけ》が銀《ぎん》座《ざ》と帝国劇場《ていこくげきじょう》で二度《にど》みたといっており、晩年《ばんねん》には主人公《しゅじんこう》が自身《じしん》のドッペルゲンガーと出会《であ》う『歯車《はぐるま》』という作品《さくひん》も残《のこ》している。

恐《おそ》ろしいのは、ドッペルゲンガーをみたとされている彼《かれ》ら著名人《ちょめいじん》の多《おお》くが、その後《ご》ときをおかずして非業《ひごう》の死《し》を迎《むか》えていることである。

そうした事実《じじつ》から、『ドッペルゲンガーに出会《であ》った者《もの》は死《し》んでしまう』、『良《よ》くないことがおきる』というのが都市伝説的《としでんせつてき》に広《ひろ》まった。

ただ、中にはドッペルゲンガーに出会《であ》ったことで命《いのち》を救《すく》われたという例《れい》もあることから、一概《いちがい》に悪《わる》い存在《そんざい》であるとは断定《だんてい》できないようだ。

またその正体《しょうたい》についても諸説《しょせつ》ある。

統合失調症《とうごうしっちょうしょう》には自分《じぶん》の外側《そとがわ》に別《べつ》の自分《じぶん》を求《もと》める自己像幻視《じこぞうげんし》という症状《しょうじょう》があり、そうした精神疾患《せいしんしっかん》が原因《げんいん》だという説《せつ》もあれば、脳腫瘍《のうしゅよう》によるものだという説《せつ》、パラレルワールドや過去《かこ》・未来《みらい》の自分《じぶん》であるという説《せつ》など様々《さまざま》だ。さらには一般的《いっぱんてき》に『世界《せかい》には自分《じぶん》に似《に》ている人が3人（あるいは7人）いる』という噂《うわさ》がまことしやかにささやかれているように、ただのそっくりさん説《せつ》というのも存在《そんざい》する。

いずれにしても、自分《じぶん》のドッペルゲンガーが現《あらわ》れ、それを目撃《もくげき》してしまった人の多《おお》くが生命《せいめい》に関《かか》わる出来事《できごと》に直面《ちょくめん》しているため、もしこれを読《よ》んでいるあなたも出会《であ》うことがあれば、何《なに》かしらのサインであると思《おも》って警戒《けいかい》しておくのが賢明《けんめい》だろう――。

「ほう、これだな。**『セカイの千怪奇《せんかいき》ちゃんねる』**……世開《せかい》くんのお父《とう》さんがやっているオーチューブチャンネルというのは」

イタリアのサッカーリーグ・セリエA《アー》、ドイツのブンデスリーガ、ブラジルやアルゼンチンなど、各国《かっこく》で活躍《かつやく》する有名《ゆうめい》なサッカー選手《せんしゅ》たちのポスターがところ狭《せま》しと貼《は》ってある勉強部屋《べんきょうべや》。

そこにある机《つくえ》においたタブレットを操作《そうさ》しながら、ひとりの少年《しょうねん》がつぶやいた。

彼《かれ》の名は**前坂進《まえさかすすむ》**。

未知人《みちと》やマコの同級生《どうきゅうせい》だ。マコに並々《なみなみ》ならぬ好意《こうい》をよせており、何度《なんど》もアタックしては当人《とうにん》に迷惑《めいわく》がられている、サッカー部《ぶ》のエースである。

ちなみに、普通《ふつう》にしていれば爽《さわ》やかなイケメンで、女子からの人気はそれなりに高《たか》い。

非公式《ひこうしき》ながらファンクラブもあるという話《はなし》だ。

そんな進《すすむ》は今《いま》、チャンネル登録者数《とうろくしゃすう》７００万人《まんにん》を誇《ほこ》る豪《ごう》のオーチューブを視聴《しちょう》しまくっていた。

ファンというわけではない。

そもそも進《すすむ》はオカルトに興味《きょうみ》なんてなかったし、勝手《かって》にマコを巡《めぐ》るライバル宣言《せんげん》をした相手《あいて》である未知人《みちと》が関《かか》わっているチャンネルなんかみる気がおこるはずもない。

それでも今《いま》、この動画《どうが》をみているのは、自身《じしん》の恋《こい》を成就《じょうじゅ》させるための、ある作戦《さくせん》を閃《ひらめ》いたからだった。

（まだ動画《どうが》で扱《あつか》っていない謎《なぞ》の調査《ちょうさ》を依頼《いらい》すれば、世開《せかい》くんをマコさんから遠《とお》ざけることができる……なるべく遠《とお》くの国《くに》で、いくのも帰《かえ》ってくるのも時間《じかん》がかかるような土地《とち》で、調査《ちょうさ》も大変《たいへん》そうな難題《なんだい》を……）

ひとしきり豪《ごう》の動画《どうが》を見終《みお》わると、進《すすむ》はネットを駆使《くし》して様々《さまざま》な怪奇《かいき》スポットや未確《みかく》認生物《にんせいぶつ》の情報《じょうほう》を調《しら》べあげた。

そして、あらためて**セカイの千怪奇《せんかいき》ちゃんねる**を開《ひら》き、そこに掲載《けいさい》されている『**調査《ちょうさ》のご依頼《いらい》はコチラ！**』というリンクをタップする。

するとタブレットにメールフォームが立ちあがり、進《すすむ》は依頼《いらい》に必要《ひつよう》なメッセージを記《き》入《にゅう》した。

もちろん、匿名《とくめい》でだ。

送信《そうしん》ボタンを押《お》すと、進《すすむ》はひとり、ほくそ笑《え》む。

「よし……これで世開《せかい》くんはしばらくのあいだ帰《かえ》ってこれなくなるに違《ちが》いない。寂《さび》しくなったマコさんは世開《せかい》くんに愛想《あいそ》を尽《つ》かし、僕《ぼく》のところに……ふふっ、あははははっ！」

「進《すすむ》！　あんた今《いま》、何時《なんじ》だと思《おも》ってるの！　ご近所迷惑《きんじょめいわく》だから早く寝《ね》なさいっ！」

部屋《へや》の外《そと》からドア越《ご》しに進《すすむ》の母《はは》が怒鳴《どな》り声《ごえ》をあげる。

それでも進《すすむ》はこみあげてくる笑《わら》いを堪《こら》えることはできなかった。

◆　◆　◆

翌日《よくじつ》。

「やあ、天堂《てんどう》さん。今日《きょう》も会《あ》えて嬉《うれ》しいよ！」

進《すすむ》が登校《とうこう》すると、さっそく校舎《こうしゃ》を入ってすぐのところにある下駄箱《げたばこ》の前《まえ》でマコに会《あ》った。

彼《かれ》にとっては幸先《さいさき》のいい一日だ。

「お、おはよう」

進《すすむ》と目があうと、マコは彼《かれ》のハイテンションに顔《かお》を引《ひ》きつらせる。

しかし進《すすむ》はマコの表情《ひょうじょう》の理由《りゆう》が、好意《こうい》をもたれている相手《あいて》と不意《ふい》に会《あ》ってしまって緊《きん》張《ちょう》しているからだと、ポジティブな解釈《かいしゃく》をする。

そして進《すすむ》はすかさず周囲《しゅうい》を警戒《けいかい》しながらマコに尋《たず》ねた。

「世開《せかい》くんは？」

「やーね。別《べつ》にいつも一緒《いっしょ》に登校《とうこう》してるわけじゃないから。それに、未知人《みちと》は今頃《いまごろ》飛行《ひこう》機《き》の中じゃないかしら」

「彼《かれ》はまた天堂《てんどう》さんをほったらかして遠出《とおで》してるのか」

とはいえ、未知人《みちと》が遠出《とおで》するのは進《すすむ》にとって好都合《こうつごう》だ。

進《すすむ》は心《こころ》の中でガッツポーズをする。

これならば、かねてより計画《けいかく》を立てていたデートに誘《さそ》うチャンスがやってくるのも近《ちか》い気がする。

（むしろ、今《いま》がそのときなのでは？）

進《すすむ》の頭《あたま》の中に、そんな考《かんが》えがうかんできたが、彼《かれ》はそれを追《お》い払《はら》うようにブンブンと首《くび》をふった。

焦《あせ》ってはいけない。

初《はつ》デートに誘《さそ》うならば、もう少《すこ》しロマンチックなタイミングでなければダメだろう。例《たと》えば、放課後《ほうかご》の誰《だれ》もいなくなった教室《きょうしつ》や、休み時間《じかん》に呼《よ》びだした校舎裏《こうしゃうら》とか……。

とはいえ、せっかく未知人《みちと》がいないタイミングでマコと話《はな》せているのだ。今《いま》は心《こころ》に余裕《よゆう》をもって、ふたりきりの会話《かいわ》を楽《たの》しもう。相手《あいて》が退屈《たいくつ》しないようにスマートに話題《わだい》を提供《ていきょう》できるのも魅力的《みりょくてき》な男のたしなみというものだ。

そう考《かんが》えた進《すすむ》は、ちょうど仕入《しい》れたばかりの話題《わだい》をマコにふる。

「そういえば、このあいだの弁論大会《べんろんたいかい》、優勝《ゆうしょう》したんだってね。おめでとう！」

「あ、ありがとう。情報《じょうほう》が早いのね」

「当然《とうぜん》さ。発表《はっぴょう》される5分前《ふんまえ》から大会《たいかい》のホームページを更新《こうしん》しまくってチェックしていたからね。優勝間違《ゆうしょうまちが》いなしとは思《おも》っていたけど、実際《じっさい》にみたときは自分《じぶん》のことのように嬉《うれ》しかったよ！」

「あ、ああ、そう」

「今度《こんど》は国際大会《こくさいたいかい》だね。今度《こんど》の開催国《かいさいこく》は確《たし》か、ドイツだ。駆《か》けつけたいのは山々《やまやま》だけど、さすがにそれは難《むずか》しいから、日本《にほん》で応援《おうえん》してるよ――」

すると、マコの表情《ひょうじょう》が一変《いっぺん》して嬉《うれ》しそうな笑顔《えがお》になる。

「そうなの！　しかもちょうど未知《みち》人《と》もドイツで調査《ちょうさ》の予定《よてい》があるみたいでね。応援《おうえん》にきてくれるんだって！　なんでも今朝《けさ》、ドッペルゲンガーっていう超常現象《ちょうじょうげんしょう》の調査依頼《ちょうさいらい》が入ってるのに気が付《つ》いて、すぐにドイツいきを決《き》めたらしいんだけど」

「あ……」

それをきき、進《すすむ》は自身《じしん》が犯《おか》したミスに気付《きづ》いた。

というのも昨夜《さくや》、豪《ごう》のチャンネルにおくった調査依頼《ちょうさいらい》の舞台《ぶたい》が、ドイツだったのだ。

「そ、そうなんだ……それは世開《せかい》くんが羨《うらや》ましいよ。ははっ、あははは」

まさか恋《こい》のライバルをアシストしてしまうことになるなんて、進《すすむ》にとっては大きなミスだ。

乾《かわ》いた笑《わら》い声《ごえ》を発《はっ》しながら、今度《こんど》は進《すすむ》が表情《ひょうじょう》を引《ひ》きつらせるのだった。

それから数日後《すうじつご》。

マコが旅立《たびだ》った日の夕方《ゆうがた》のこと。

部活《ぶかつ》おわりの進《すすむ》は、陽《ひ》がおちて暗《くら》くなった帰《かえ》り道《みち》を歩《ある》いていた。

すると学校から家《いえ》までの途中《とちゅう》にあるマコの家《いえ》の前《まえ》、電柱《でんちゅう》につけられた街灯《がいとう》の下にたたずむ人影《ひとかげ》をみた。

その人影《ひとかげ》は明《あ》かりのついていないマコの家《いえ》をみつめているようだったが、進《すすむ》は特《とく》に気にすることもなく通《とお》り過《す》ぎようとする。

ところが、ふとその人の顔《かお》をみてみると、進《すすむ》は「あっ」と声《こえ》をだして驚《おどろ》いた。

なんとその人物《じんぶつ》は『自分《じぶん》』だったのだ。

しかもその顔色《かおいろ》は幽霊《ゆうれい》のように青白く、生気が感《かん》じられない。

「お、おまえは誰《だれ》だ！」

しかしもうひとりの進《すすむ》は何《なに》も答《こた》えない。

進《すすむ》は目の前《まえ》に自分《じぶん》がいることが信《しん》じられず、目をゴシゴシとこすった。

するとさっきまで確《たし》かにいたはずのもうひとりの自分《じぶん》はいつのまにかきえていた。

ただ、なぜか進《すすむ》の頭《あたま》には「ボクのかわりに天堂《てんどう》さんを応援《おうえん》しにいったんだ」という確《かく》信《しん》めいた考《かんが》えが思《おも》いうかんでいた。

マコは今《いま》、家族《かぞく》とともに、**ドイツの西《にし》に位置《いち》する大都会《だいとかい》・デュッセルドルフ**にいた。

マコが参加《さんか》する弁論大会《べんろんたいかい》は3日後《かご》、ハインリヒ・ハイネ大学で行《おこな》われるのだ。

日本《にほん》からここまでは飛行機《ひこうき》を乗《の》り継《つ》いで16時間《じかん》ほど。

有名《ゆうめい》な詩人《しじん》であるハイネの生まれ故郷《こきょう》として知《し》られるこの街《まち》は、日本《にほん》とも密接《みっせつ》な関係《かんけい》があり、中央駅近《ちゅうおうえきちか》くのインマーマン通《どお》り周辺《しゅうへん》には日本企業《にほんきぎょう》や日本食《にほんしょく》レストランが集《あつ》まっているため『リトルトーキョー』とも呼《よ》ばれている。

天堂一家《てんどういっか》はホテルにチェックインした後《あと》、この街《まち》を散策《さんさく》してみることにした。

むかった先はホーフガルテンという幾何学模様《きかがくもよう》に整《ととの》えられた美《うつく》しい庭園《ていえん》だ。

園内《えんない》ではたくさんの人々《ひとびと》がくつろぎ、ストリートミュージシャンや大道芸人《だいどうげいにん》たちがパフォーマンスをみせ、楽《たの》しませてくれる。

円形《えんけい》の屋根《やね》をもつかわいらしい園亭《えんてい》などの建物《たてもの》だけでなく、綺麗《きれい》な湖《みずうみ》もあり、都会《とかい》の

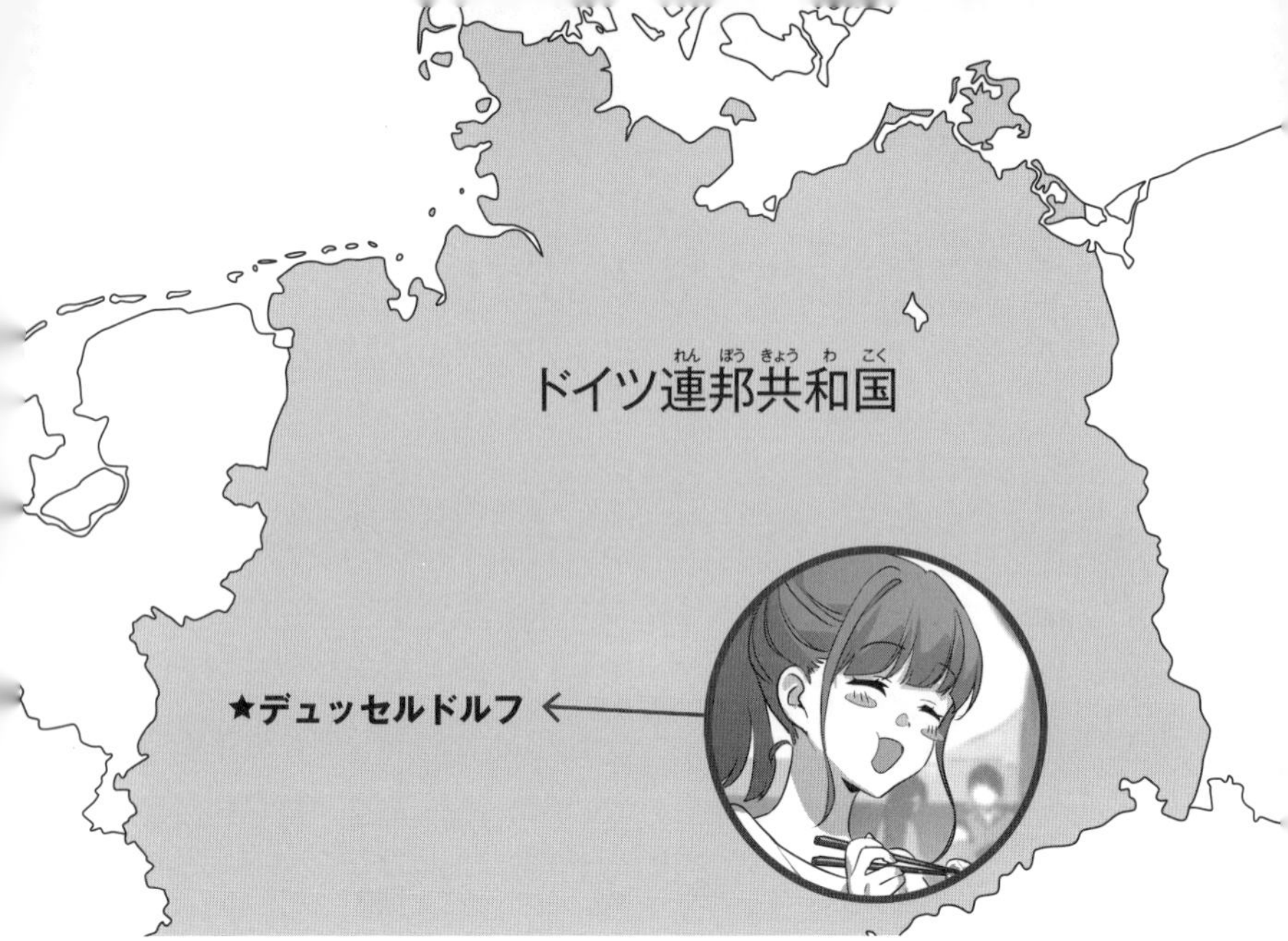

真《ま》っ只中《ただなか》であるにもかかわらず、まるで森の妖精《ようせい》の世界《せかい》にやってきたのではないかと思《おも》ってしまうほどのどかな場所《ばしょ》だ。

また近《ちか》くには立派《りっぱ》な美術館《びじゅつかん》や歌劇場《かげきじょう》もあり、アートにも力を入れている町だということがうかがえる。

そんな園内《えんない》をマコが散策《さんさく》していると、なにやら強《つよ》い視線《しせん》を感《かん》じて立《た》ち止《ど》まった。

「どうしたの？」

マコの母《はは》が尋《たず》ねる。するとマコはきょろきょろと辺《あた》りを見回《みまわ》しながら答《こた》えた。

「なんだか、誰《だれ》かにみられている気がしたんだけど……あっ！」

マコの視線《しせん》が木陰《こかげ》に見知《みし》った顔《かお》を捉《とら》えた。

あの顔《かお》は間違《まちが》いない。前坂進《まえさかすすむ》だ。

(応援《おうえん》しにきたいっていってたけど……まさか本当《ほんとう》にきちゃったの⁉)

ただ、いくらしつこい進《すすむ》でも、ドイツまでひとりでくるとは考《かんが》えにくい。

それに、もし本当《ほんとう》にきていたとすれば、彼《かれ》ならあんな木陰《こかげ》に隠《かく》れていないで、真《ま》っ先《さき》に挨拶《あいさつ》のひとつでもしにくるはずだ。

(他人《たにん》のそら似《に》っていうこともあるよね……)

マコがそんなことを考《かんが》えていると、進《すすむ》らしき人物《じんぶつ》は木の後《うし》ろに完全《かんぜん》に隠《かく》れ、みえなくなってしまった。

「知《し》りあいに似《に》てる人がいたから、ちょっとみてくる」

不審《ふしん》に思《おも》ったマコは父《ちち》と母《はは》に告《つ》げると、進《すすむ》が立っていた木のそばまで駆《か》けよった。

だが、そこには誰《だれ》もいなかったのである。

(おかしいな……確《たし》かにここにいたはずなのに)

すると後《あと》から母《はは》もやってきて、マコにいう。

「あなた、ドイツにお友達《ともだち》なんていたの?」

「ううん、そうじゃなくて学校の、同《おな》じ学年の人がいたと思《おも》ったんだけど……見間違《みまちが》いだったみたい」

そういうと、マコはそれ以上《いじょう》気にすることなく、街《まち》の散策《さんさく》を再開《さいかい》した。

旧市街《きゅうしがい》やライン川沿《がわぞ》いは美《うつく》しく、観覧車《かんらんしゃ》やライン塔《とう》のみえる景色《けしき》は散歩《さんぽ》しているだけでとても楽《たの》しい。

観光《かんこう》ガイドによると5月にはヤーパンタークという日本《にほん》をテーマにしたフェスも行《おこな》われるという。

写真《しゃしん》には日本《にほん》のアニメのコスプレをした人々《ひとびと》も写《うつ》っており、やはりこの街《まち》が日本《にほん》と深《ふか》い関《かか》わりをもち、日本《にほん》が好意的《こういてき》に受《う》け止《と》められていることがよくわかる。

そうして、夜《よる》までデュッセルドルフの街《まち》を満喫《まんきつ》した天堂一家《てんどういっか》はホテルに戻《もど》り、夕食後《ゆうしょくご》は部屋《へや》でくつろいでいた。

一方《いっぽう》、マコは弁論大会《べんろんたいかい》にむけて原稿《げんこう》の確認《かくにん》をしていたのだが、ふと顔《かお》をあげて鏡《かがみ》が目に入ると背筋《せすじ》を凍《こお》らせた。

なんと鏡《かがみ》の中に、自分《じぶん》の後《うし》ろからのぞく青白い進《すすむ》の顔《かお》が映《うつ》っていたのだ。

「きゃあぁっ！」

思《おも》わずさけんだマコに、両親《りょうしん》も驚《おどろ》く。

「どうしたんだ！」

「今《いま》、鏡《かがみ》の中に、さっきもみた学校の知《し》りあいの顔《かお》が……」

「なんだって？」

両親《りょうしん》は部屋《へや》の中を見回《みまわ》す。

しかし、他《ほか》に人などいるはずもない。

「きっと慣《な》れない外国《がいこく》での大会《たいかい》を前《まえ》にして緊張《きんちょう》してるんじゃないか」

「そうね。長旅《ながたび》の疲《つか》れもあるだろうし、今日《きょう》は早めに寝《ね》なさい」

「うん……そうする」

マコはいわれた通《とお》り原稿《げんこう》の確認《かくにん》をきりあげて、ベッドにもぐりこんだ。

だが、さっきみた幽霊《ゆうれい》のような進《すすむ》の顔《かお》が目に焼《や》き付《つ》いて、なかなか眠《ねむ》りにつくことはできなかった。

そして翌日《よくじつ》。

「『こんにちは』はドイツ語《ご》でグーテン・ターク！　狭《せま》い飛行機《ひこうき》の座席《ざせき》で『グーグーてん』寝《ね》てたら、体《からだ》がバキバキ『くターくた』！」

「しょーもないこといわないでくれよ。もっと疲《つか》れるだろ」

こんないつものやりとりをしながらデュッセルドルフ空港《くうこう》に降《お》り立ったのは、豪《ごう》と未《み》知人《ちと》だ。

ここからデュッセルドルフ中央駅《ちゅうおうえき》まではＳ《エス》バーンという鉄道《てつどう》で10分強《ぷんきょう》。

未知人《みちと》はひとまずマコに到着《とうちゃく》を知《し》らせるため、電話《でんわ》をかけてみることにした。

一方《いっぽう》、すっかり寝不足《ねぶそく》のマコは、せっかくのホテルの豪華《ごうか》な朝食《ちょうしょく》も満足《まんぞく》に喉《のど》を通《とお》らないほど元気《げんき》を失《うしな》ってしまった。

（ホーフガルテンでも、昨夜《さくや》の鏡《かがみ》でも、確《たし》かにみた……気のせいなんかじゃないのに……）

念《ねん》のため進《すすむ》に連絡《れんらく》をとってみようかとも考《かんが》えた。

ところがマコは進《すすむ》の連絡先《れんらくさき》を知《し》らなかった。

以前《いぜん》、電話番号《でんわばんごう》が書《か》かれたメモを強引《ごういん》に渡《わた》されたのだが、スマホに登録《とうろく》することもなく家《いえ》の勉強机《べんきょうづくえ》の引《ひ》きだしにしまったままにしていたのだ。

そのとき、マコのスマホに着信《ちゃくしん》が入る。未知人《みちと》からだった。

「今《いま》、オレたちもデュッセルドルフに着《つ》いたよ。大会《たいかい》の準備《じゅんび》はどう?」

「未知人《みちと》、助《たす》けて!」

「え!?」

マコが泣《な》きそうになりながら説明《せつめい》すると、未知人《みちと》はすぐ会《あ》いにきてくれることになった。

U《ユー》バーン(地下鉄《ちかてつ》)のトーンハレ駅《えき》からライン川沿《がわぞ》いを歩《ある》いてすぐ近《ちか》くにあるクンストパラスト美術館《びじゅつかん》。

マコと未知人《みちと》はその中庭《なかにわ》にある噴水《ふんすい》の前《まえ》に座《すわ》った。

この美術館《びじゅつかん》には中世《ちゅうせい》から現代《げんだい》のアートまで様々《さまざま》な芸術品《げいじゅつひん》が展示《てんじ》されており、マコの両《りょう》親《しん》は中に入って今頃《いまごろ》それらを楽《たの》しんでいることだろう。

普段《ふだん》ならマコも興味《きょうみ》があるのだが、とてもそんな気分《きぶん》にはなれなかったので、ここで未知人《みちと》に話《はなし》をきいてもらうことにしたのだ。

ちなみに豪《ごう》は匿名希望《とくめいきぼう》の依頼主《いらいぬし》との待《ま》ちあわせ場所《ばしょ》である中央駅《ちゅうおうえき》にいったのだが、まだ会《あ》えもせず連絡《れんらく》もとれず、立ち往生《おうじょう》しているようである。

「それにしても前坂進《まえさかすすむ》……この場《ば》にいなくても迷惑《めいわく》なやつだなあ」

「それじゃあ、私《わたし》がみたのは本物《ほんもの》じゃないってこと？」

「ああ。**ドッペルゲンガー**ってきいたことないか？」

マコは小さくうなずく。

「でも、よくきくドッペルゲンガーって本人の前《まえ》に現《あらわ》れるんじゃなかった？ **それで、みたら死《し》んじゃうって**」

「まあ大体《だいたい》がそうなんだけど、それ以外《いがい》にも例《れい》はたくさんあるんだ。まあ今回《こんかい》の場合《ばあい》、正確《せいかく》にはバイロケーション、日本語《にほんご》でいうと体外離脱《たいがいりだつ》っていう超常現象《ちょうじょうげんしょう》のほうがあってるのかもしれないけど。要《よう》するに、いわゆる**生霊**《いきりょう》だ」

未知人《みちと》によると、ドッペルゲンガーとバイロケーションはほぼ同《おな》じ意味《いみ》で使《つか》われる言《こと》葉《ば》だが、前者《ぜんしゃ》は本人の意思《いし》に関係《かんけい》なく現《あらわ》れるのに対《たい》し、後者《こうしゃ》は自分《じぶん》の意思《いし》で別《べつ》の場所《ばしょ》に姿《すがた》を現《あらわ》すという意味合《いみあ》いが強《つよ》いらしい。

そして未知人《みちと》は実際《じっさい》にドッペルゲンガーが他者《たしゃ》にみえたとされる人物《じんぶつ》の話《はなし》をはじめる。

「例《たと》えばエミリー・サジェっていう19世紀半《せいきなか》ばのフランス人教師《じんきょうし》の場合《ばあい》、複数《ふくすう》の生徒《せいと》に彼女《かのじょ》のドッペルゲンガーが目撃《もくげき》された。これが騒《さわ》ぎになって、エミリーは教師《きょうし》をクビになってしまうんだ」

「かわいそうね」

「ああ。ただ本人にドッペルゲンガーが現《あらわ》れている自覚《じかく》はなくて、20回近《かいちか》く職場《しょくば》を転々《てんてん》とした後《あと》、ついに赴任先《ふにんさき》がなくなって義妹《ぎまい》のもとに身《み》をよせたそうだ」

「ドッペルゲンガーが原因《げんいん》で亡《な》くなったわけじゃないのね」

「当《とう》の本人はみていないからね。他《ほか》にも、**マリア・デ・アグレダ**という17世紀《せいき》スペインのキリスト教《きょう》の尼僧《にそう》がいたんだけど」

このマリアという人物《じんぶつ》は青いローブを着《き》ていたのが特徴《とくちょう》で、新大陸《しんたいりく》の部族《ぶぞく》にキリスト教《きょう》を伝《つた》えたのだという。

それを証言《しょうげん》したのは現地《げんち》の部族《ぶぞく》である。

ヨーロッパ人《じん》にとってまだ発見《はっけん》されたばかりの土地《とち》にもかかわらず、すでにキリスト教《きょう》が信仰《しんこう》されていたため、このことは探検家《たんけんか》や宣教師《せんきょうし》たちを驚《おどろ》かせた。

ただマリア本人はスペインの修道院《しゅうどういん》からでたことは一度《いちど》もなく、魔女《まじょ》ではないかと疑《うたが》いをかけられた。

しかし後《のち》にその疑《うたが》いは晴《は》れ、神《かみ》の奇跡《きせき》として有名人《ゆうめいじん》になったそうだ。

マコは未知人《みちと》の話《はなし》をききながら、相変《あいか》わらずこういうことになるとよく言葉《ことば》がスラスラでてくるものだと感心《かんしん》する。

そして自分《じぶん》も明後日《あさって》に控《ひか》える弁論大会《べんろんたいかい》でこんなふうに話《はな》すことができれば、きっと良《よ》い成績《せいせき》がおさめられるだろうと思《おも》った。

しかし目下《もっか》の心配事《しんぱいごと》は進《すすむ》のドッペルゲンガーである。

昨日《きのう》のようにいく先々《さきざき》で、出てこられてはさすがに気味《きみ》が悪《わる》い。

「それで……前坂《まえさか》くんのドッペルゲンガーだけど……」

すると未知人《みちと》は頭《あたま》をポリポリかきながら少《すこ》し考《かんが》えるような仕草《しぐさ》をみせた。

「ドイツと日本《にほん》の時差《じさ》は8時間《じかん》で、日本《にほん》のほうが早いから、今《いま》は夕方《ゆうがた》くらいか……オレもあいつの連絡先《れんらくさき》は知《し》らないけど、サッカー部《ぶ》のクラスメイトにきけばわかるだろ。ちょっと今《いま》から電話《でんわ》しよう」

ただ、未知人《みちと》はクラスにもあまり親《した》しい友達《ともだち》がいないため、マコが進《すすむ》の連絡先《れんらくさき》を知《し》っていそうな人にメッセージをおくり、尋《たず》ねることにした。

するとすぐに返信《へんしん》がやってきた。

未知人《みちと》は自分《じぶん》のスマホで電話《でんわ》をかける。

プルルルル、プルルルル……。

「はい、もしもし。どちら様《さま》？」

進《すすむ》の声《こえ》だ。

「えっと、世開《せかい》だけど」

「ええっ!? 世開《せかい》くん？ どうしてボクの電話番号《でんわばんごう》を――」

「そんなことはどうだっていい。それよりおまえ、ドイツにいるマコにドッペルゲンガーをよこしたな」

「えっ、あいつ本当《ほんとう》にいったのかい⁉」

「怪奇現象《かいきげんしょう》を操《あやつ》ってまでストーカーするなんて、とんでもないやつだな」

進《すすむ》はドッペルゲンガーのことを知《し》っていた。

未知人《みちと》がさらに厳《きび》しく問《と》い詰《つ》めると、進《すすむ》は豪《ごう》に嘘《うそ》の依頼《いらい》をしたことやマコの家《いえ》の前《まえ》で自分《じぶん》のドッペルゲンガーをみたことなど、事《こと》の経緯《けいい》を白状《はくじょう》する。

すると未知人《みちと》の声《こえ》が真剣《しんけん》なトーンになった。

「どうせおまえのことだから、マコと一緒《いっしょ》にいたいっていう強《つよ》い想《おも》いがもうひとりの自《じ》分《ぶん》を生みだしてしまったんだろう。でもな……おまえのドッペルゲンガーに取《と》り憑《つ》かれたマコが帰国《きこく》したらどうなると思《おも》う」

「えっと……どうなるっていうんだい」

「おまえは確実《かくじつ》にドッペルゲンガーと再会《さいかい》することになる。これには諸説《しょせつ》あるが……ドッペルゲンガーを二度《にど》みると、そう遠《とお》くない未来《みらい》に死《し》ぬといわれてるんだぞ」

「ええっ⁉　か、勘弁《かんべん》してくれよ」

「これは脅《おど》しなんかじゃない。事実《じじつ》に基《もと》づいた本当《ほんとう》におこりうることだ」

ここまできいて、進《すすむ》はすっかり恐《おそ》ろしくなったようだ。

スピーカーをオンにしているので、声《こえ》が震《ふる》えているのがマコにもわかる。

「どどど、どうしたらいいんだい？　オカルトに詳《くわ》しい世開《せかい》くんなら対処法《たいしょほう》を知《し》ってるんだろう!?」

「……教《おし》えてやってもいいが、おまえのドッペルゲンガーが現《あらわ》れて、マコも弁論大会《べんろんたいかい》に集中《しゅうちゅう》できないくらい迷惑《めいわく》してるんだ。そのことを少《すこ》しでも反《はん》省《せい》して今後《こんご》マコにつきまとったりしないと約束《やくそく》しろ。あと嫌《きら》われてることにそろそろ気付《きづ》け」

「き、嫌《きら》われてるだって!?　そんなはず……いや、わかった！　ボクは本当《ほんとう》に大会《たいかい》での天堂《てんどう》さんの活《かつ》躍《やく》を応援《おうえん》しているんだ！　だからボクの愛《あい》が強《つよ》す

ぎてこんなことになってしまったのなら反省《はんせい》する！　だからボクを助《たす》けてくれ！」

すると未知人《みちと》がマコのほうをむき、意地悪《いじわる》な笑《え》みをうかべながら尋《たず》ねる。

「こういってるけど、どうする？　もうちょっと怖《こわ》がらせたほうがいいかな」

「反省《はんせい》してるみたいだし、これ以上《いじょう》はあんまりいじめないであげてよ」

「なんだ、こんなもんでいいのか」

マコが思《おも》いのほかあっさり許《ゆる》したので、未知人《みちと》は少《すこ》しつまらなそうな表情《ひょうじょう》をみせた。

そして再《ふたた》びスマホにむかって話《はな》しはじめる。

「おまえ、ドイツになにか思《おも》い入《い》れはないか？　例《たと》えば好《す》きなサッカーチームとか」

「あるさ。ボクはバイエルンミュンヘンの大ファンなんだ！」

「それって、マコを好《す》きな気持《きも》ちとどっちが大きい？」

「そんなもの比《くら》べられるはずもないだろう！　でも、天堂《てんどう》さんと出会《であ》う前《まえ》からバイエルンミュンヘンは大好《だいす》きだ。ボクがサッカーを続《つづ》けているのも、将来《しょうらい》このチームに入るのが夢《ゆめ》だからだ！」

「じゃあマコのことは諦《あきら》めて、今《いま》すぐそのチームに入りたいと強《つよ》く願《ねが》うんだ」

「どど、どうやって！」

「なんでもいいよ！　何度《なんど》も唱《とな》えてみればいいじゃないか」

「ああもう、わかったよ！　天堂《てんどう》さんのことは諦《あきら》めます！　今《いま》すぐバイエルンミュンヘンに入りたい！　天堂《てんどう》さんのことは諦《あきら》めます！　今《いま》すぐバイエルンミュンヘンに入りたい！」

「よし。その気持《きも》ちに嘘偽《うそいつわ》りはないな？」

「うぐ……天堂《てんどう》さんのことを諦《あきら》めるというのは……」

「そうしないと、おまえ、死《し》んじゃうんだぞ」

「わかった！　諦《あきら》める！　約束《やくそく》するから！」

なんだか未知人《みちと》も進《すすむ》もヤケクソなやりとりになったので、マコは思《おも》わず吹《ふ》きだしてしまった。

そのとき――。マコがふと視線《しせん》を噴水《ふんすい》のむこう側《がわ》に移《うつ》すと、サッカーボールをドリブルしながら遠《とお》くへ走《はし》りさっていく青白い顔《かお》をした進《すすむ》がみえた。

それをみて、ずいぶん健康的《けんこうてき》な生霊《いきりょう》がいたものねと、また可笑《おか》しくなった。

このままあのドッペルゲンガーはドイツの南端《なんたん》に位置《いち》するミュンヘンまでいくのだろうか。

マコが未知人《みちと》に「もう大丈夫《だいじょうぶ》」と合図《あいず》すると、未知人《みちと》が進《すすむ》にいう。

「よくきくんだ。これでおまえのドッペルゲンガーはマコが帰国《きこく》してもついてくることはないだろう。ただし気をつけろよ。もしおまえがミュンヘンにいけば、ドッペルゲンガーに再会《さいかい》して死《し》んでしまうかもしれないぞ」

「ちょっとまってくれ！　それじゃあボクの夢《ゆめ》は叶《かな》えられないじゃないか!?」

「ドイツだけがサッカーの盛《さか》んな国《くに》ってわけじゃないだろ」

「そうだけども！」

「じゃあな。バイエルンミュンヘンに入りたいっていう思《おも》いは、これからも忘《わす》れるんじゃないぞ」

そうして未知人《みちと》は電話《でんわ》をきると、腹《はら》を抱《かか》えて笑《わら》いだした。

「もう、未知人《みちと》ったら、やりすぎよ。いくらなんでもかわいそうじゃない」

「でもマコだって迷惑《めいわく》してただろ。これで少《すこ》しは懲《こ》りておとなしくなるはずさ」

その2日後《かご》、マコは弁論大会《べんろんたいかい》で見事《みごと》に優秀《ゆうしゅう》な成績《せいせき》をおさめることができた。

そして豪《ごう》はというと、結局《けっきょく》ドッペルゲンガーについての調査依頼《ちょうさいらい》がでっちあげだったこともあり、動画《どうが》は作《つく》れず、交通費《こうつうひ》や宿泊代《しゅくはくだい》がかかっただけで大赤字。

「ドイツだけに、ドッペルゲンガーは同一人物《どーいつじんぶつ》……ってギャグも思《おも》いついてたんだけどなあ……」

そんなふうに愚痴《ぐち》をいいながら、マコの両親《りょうしん》とマコの祝勝会《しゅくしょうかい》を開《ひら》き、ソーセージをツマミにドイツワインでヤケ酒《ざけ》をあおるのだった。

5 千《せん》貫《がん》森《もり》の怪《かい》

日本《にほん》

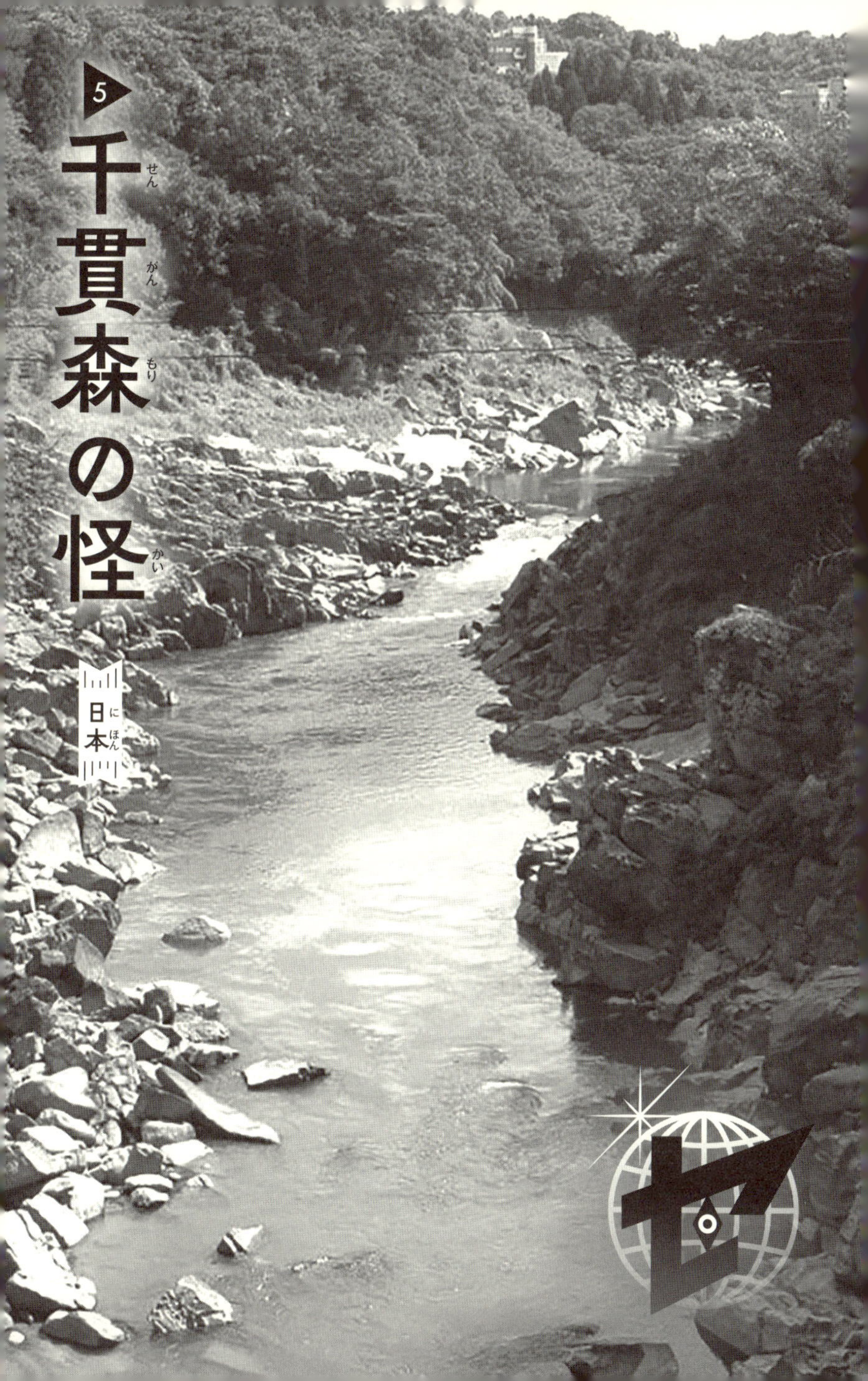

1970年10月、福島市飯野町《ふくしましいいのまち》に住《す》む三浦宏二《みうらこうじ》は、稲刈《いねか》りをおえ、バイクで帰宅《きたく》していた。

時刻《じこく》は午後《ごご》5時《じ》ごろ。

街灯《がいとう》はほとんどなく、辺《あた》りは薄暗《うすぐら》い。

カーブを曲《ま》がり、自宅《じたく》がみえる道《みち》にでたときだった。

目《め》の前《まえ》に、突然《とつぜん》、まばゆい光《ひかり》が広《ひろ》がった。

自宅《じたく》の裏《うら》にある千貫森《せんがんもり》という山の真上《まうえ》に、30個《こ》ほどの細長《ほそなが》い、オレンジ色《いろ》の光《ひかり》がみえたのだ。

光《ひかり》の集団《しゅうだん》は、三角形《さんかくけい》のような形《かたち》を作《つく》りながら、ゆっくりと頭上《ずじょう》をとんでいったという。

飯野町《いいのまち》で、このような体験《たいけん》をした人は少《すく》なくない。

アメリカ国防総省《こくぼうそうしょう》の報告《ほうこく》によると、UFO《ユーフォー》の目撃情報《もくげきじょうほう》が多《おお》い世界《せかい》の国《くに》や地域《ちいき》のひとつに、日本《にほん》が数《かぞ》えられている。

この日本《にほん》という国《くに》には、UFO《ユーフォー》のホットスポットが数多《かずおお》く存在《そんざい》するらしい。

なかでも、福島市飯野町《ふくしましいいのまち》にある千貫森《せんがんもり》は有名《ゆうめい》だ。標高《ひょうこう》462メートルほどの小さな山だが、この山でUFO《ユーフォー》を目撃《もくげき》した人は実《じつ》に多《おお》い。**地元住人《じもとじゅうにん》のほとんどが、人生のどこかでUFO《ユーフォー》を目にしている。**

なかには、異星人《いせいじん》と実際《じっさい》に遭遇《そうぐう》した人もいるという。

飯野町《いいのまち》は『UFO《ユーフォー》の里《さと》』を謳《うた》い文句《もんく》に、UFO《ユーフォー》での町おこしに取《と》り組《く》んでいる。

1992年、千貫森《せんがんもり》の中腹《ちゅうふく》に『UFO《ユーフォー》ふれあい館《かん》』が建設《けんせつ》された。

八角形《はっかくけい》の建物《たてもの》の1階《かい》には、UFO《ユーフォー》の模型《もけい》や宇宙人《うちゅうじん》の人形《にんぎょう》などを並《なら》べた展示室《てんじしつ》があり、2階《かい》には地域《ちいき》の憩《いこ》いの場《ば》のような大浴場《だいよくじょう》や和室《わしつ》が設《もう》けられている。

2022年、『UFO《ユーフォー》の日』である6月24日、この飯野町《いいのまち》に『国際未確認飛《こくさいみかくにんひ》

福島県《ふくしまけん》にある「UFO《ユーフォー》ふれあい館《かん》」▶

行物体《こうぶったい》研究所《けんきゅうじょ》（国際《こくさい》UFO《ユーフォー》研究所《けんきゅうじょ》）』が発足《ほっそく》した。

初代所長《しょだいしょちょう》に就任《しゅうにん》したのは、『**月刊《げっかん》ムー**』**編集長《へんしゅうちょう》の三上丈晴《みかみたけはる》氏《し》**だ。

アメリカ議会《ぎかい》がUFO《ユーフォー》を公認《こうにん》したタイミングで発足《ほっそく》したこの研究所《けんきゅうじょ》は、イギリスからロシアまで500名《めい》以上《いじょう》の会員《かいいん》を有《ゆう》し、世界中《せかいじゅう》の注目《ちゅうもく》を集《あつ》めている。

▲アメリカのニュージャージーで撮影《さつえい》されたとされるUFO《ユーフォー》。

午後《ごご》の補習授業《ほしゅうじゅぎょう》をおえて、未知人《みちと》は「ふぅ……」と、ため息《いき》をつく。

父《ちち》・豪《ごう》と世界《せかい》を旅《たび》している関係《かんけい》で、学校の授業《じゅぎょう》の出席日数《しゅっせきにっすう》が足りない未知人《みちと》は、ときどきこうして、長期休暇《ちょうききゅうか》や放課後《ほうかご》に補習授業《ほしゅうじゅぎょう》を受《う》けなければならないハメになっていたのだ。

（……やっとおわった）

あしたからは、また旅《たび》が始《はじ》まる。

（準備《じゅんび》もあるし、早いとこ帰《かえ》らなきゃ……）

ノートや筆記用具《ひっきようぐ》をそそくさとカバンにしまうと、未知人《みちと》は教室《きょうしつ》をあとにする。

校門《こうもん》にむかって足早に歩《ある》いていると、突然《とつぜん》、聞《き》き覚《おぼ》えのある声《こえ》が耳にとびこんできた。

（まさか……）

未知人《みちと》は、ギクリとして足をとめる。

いやな予感《よかん》に、胸《むね》が激《はげ》しく波打《なみう》った。

声《こえ》を発《はっ》していたのは、コートを着《き》た男だ。

「マコ！」

合気道部《あいきどうぶ》の稽古着姿《けいこぎすがた》のマコと話《はな》している。

未知人《みちと》は、思《おも》わず声《こえ》を張《は》りあげる。

すると、マコとコートの男が同時《どうじ》にふりかえった。

「幻《げん》……やっぱり、おまえか！　……なんでおまえがマコと⁉」

幻《げん》は答《こた》えず、不敵《ふてき》な笑《え》みをうかべながら、未知人《みちと》を一瞥《いちべつ》しただけだった。

「ありがとう。キミと話《はなし》ができて楽《たの》しかったよ。じゃあ、ボクはこれで」

幻《げん》はマコにいうと、そのまま、何事《なにごと》もなかったかのように立ちさっていく。

未知人《みちと》は、マコに駆《か》けよった。

「マコ、大丈夫《だいじょうぶ》か⁉　あいつに何《なに》かされなかったか⁉」

「えっ？　ついさっき声《こえ》をかけられて、立《た》ち話《ばなし》をしてただけど……」

「立《た》ち話《ばなし》？　どんな話《はなし》をしてたんだ⁉」

「あの人、この学校の卒業生《そつぎょうせい》なんだって。学校の近《ちか》くを通《とお》りかかったら、思《おも》わず懐《なつ》かしくなって、立ちよってみたっていってたよ」

笑顔《えがお》で語《かた》るマコに、幻《げん》を警戒《けいかい》する様子《ようす》は微塵《みじん》もない。

「あいつは、卒業生《そつぎょうせい》なんかじゃない！」

未知人《みちと》は、思《おも》わず声《こえ》を荒《あら》らげた。

「あいつは……幻《げん》は……とてつもなく危険《きけん》なヤツなんだ」

「へえ、あの人、ゲンさんっていうんだ。危険《きけん》って……もしかして不審者《ふしんしゃ》か何《なに》か？」

「いや、そうじゃないけど……」

幻《げん》の恐《おそ》ろしさを、マコにどう説明《せつめい》してよいのかわからず、未知人《みちと》は黙《だま》りこむ。

「幻《げん》は……喩《たと》えていえば、前坂《まえさか》のドッペルゲンガーより百倍恐《ばいおそ》ろしい」

「えっ、アレより、もっと怖《こわ》いの⁉」

「そうだ！　とにかく、今度《こんど》、あいつに会《あ》っても絶対《ぜったい》に近《ちか》づくな！」

「未知人《みちと》……もしかして妬《や》いてる？」

「違《ちが》うって！」

「ごめん、ごめん……わかった。約束《やくそく》する」

「頼《たの》むぞ。オレ、あしたから福島《ふくしま》にいかなきゃならないんだけど……」

そういいながら、未知人《みちと》は頭《あたま》の中で考《かん》えを巡《めぐ》らせる。

（これは非常事態《ひじょうじたい》だ。父《とう》さんに頼《たの》んで、あしたからの福島《ふくしま》は延期《えんき》にしてもらおうか？

いや……オレひとりが東京《とうきょう》に残《のこ》るという手もあるな)

思《おも》い悩《なや》んでいる未知人《みちと》に、そのとき、マコが明《あか》るい声《こえ》でいった。

「ねえ、だったら、福島《ふくしま》、私《わたし》もいっしょにいっていい?」

「えっ……?」

「あしたから三連休《れんきゅう》でしょ? 福島《ふくしま》だったらそんなに遠《とお》くないし、未知人《みちと》やお父《とう》さんがいっしょなら、うちの親《おや》、安心《あんしん》しておくりだしてくれると思《おも》うんだよねー」

「なっ……なにいってんだ。そんなこと……」

ダメに決《き》まってるだろう、といおうとして、未知人《みちと》は思《おも》い直《なお》した。

「……わかった。父《とう》さんに聞《き》いてみるよ」

「ほんと!? ヤッターーッ!!」

小躍《こおど》りするマコをみて、未知人《みちと》は複雑《ふくざつ》な気持《きも》ちになった。


学校で幻《げん》と遭遇《そうぐう》した翌日《よくじつ》、未知人《みちと》、豪《ごう》、マコの3人は飯野町《いいのまち》にやってきた。

目的地《もくてきち》の千貫森《せんがんもり》は、福島市《ふくしまし》の中心部《ちゅうしんぶ》から、車で20分《ぷん》くらいのところにある。

千貫森《せんがんもり》の前《まえ》で車を停《と》めた豪《ごう》は、さっそく未知人《みちと》とともに撮影《さつえい》をはじめた。

「ハイ、**『セカイの千怪奇《せんかいき》ちゃんねる』**にようこそ！　今日《きょう》はここ、**福島県《ふくしまけん》は飯野町《いいのまち》**にきております！　この動画《どうが》をご覧《らん》いただいている方《かた》なら、すでにご存《ぞん》じの方《かた》も多《おお》いと思《おも》いますが、ここはUFO《ユーフォー》のホットスポットとして知《し》られている町なんですねえ！」

未知人《みちと》がカメラを回《まわ》す前《まえ》で、豪《ごう》が動画《どうが》のイントロのトークを繰《く》りだす。

ふたりにとっては、もはや日常《にちじょう》のひとコマともいうべき作業《さぎょう》だが、初《はじ》めてみたマコは興味津々《きょうみしんしん》の様子《ようす》だ。

マコの熱《あつ》いまなざしを受《う》け、豪《ごう》のトークにも一段《いちだん》と熱《ねつ》が入る。

「この町にある千貫森《せんがんもり》という山では、UFO《ユーフォー》がたびたび目撃《もくげき》されています！　ハイ、こちらをご覧《らん》ください！」

豪《ごう》の言葉《ことば》を合図《あいず》に、未知人《みちと》は目《め》の前《まえ》にある小高《こだか》い山——千貫森《せんがんもり》にカメラをむける。

「この山がウワサの千貫森《せんがんもり》です！　みてわかる通《とお》り、キレイなピラミッド型《がた》をしてますよねえ！　一説《いっせつ》によると、このピラミッド型《がた》が異星人《いせいじん》にとって、パラボラアンテナのような役割《やくわり》を果《は》たしてるんだとか。それと、千貫森《せんがんもり》の地下《ちか》には、UFO《ユーフォー》の亜空間《あくうかん》ゲートがあるともいわれてます。**飯野町《いいのまち》にそんなものがあってイイノ!?**」ナンチャッテ。……それでは、さっそく、この山に足を踏《ふ》みいれてみたいと思《おも》います！」

ふもとでの撮影《さつえい》をおえた一同《いちどう》は、再《ふたた》び車に乗《の》りこみ、山の中腹《ちゅうふく》へとやってきた。

駐車場《ちゅうしゃじょう》のすぐ前《まえ》には、まるでUFO《ユーフォー》のような、八角形《はっかくけい》をしたピンクの建物《たてもの》がみえる。

飯野町《いいのまち》が「**UFO《ユーフォー》で町おこし**」を合言葉《あいことば》に建《た》てた『**UFO《ユーフォー》ふれあい館《かん》**』だ。

『UFO《ユーフォー》ふれあい館《かん》』の前《まえ》を通《とお》りすぎて、敷地内《しきちない》を歩《ある》いていくと、千貫森《せんがんもり》の山頂《さんちょう》へと続《つづ》く遊歩道《ゆうほどう》の入り口がみえてきた。

階段《かいだん》の下には、宇宙人《うちゅうじん》の石像《せきぞう》があり、『**UFO道入り口《ユーフォーどう》**』と書《か》かれた看板《かんばん》もみえる。

「このダジャレな感《かん》じ……なんかキリストの墓《はか》を思《おも》いだすな。飯野町《いいのまち》の人たちとも、オレ、気があいそうだ」

豪《ごう》は、いっきにテンションがあがったようだった。

『UFO道《ユーフォーどう》』は整備《せいび》されていて、とても歩《ある》きやすかった。

ところどころにおかれた宇宙人《うちゅうじん》の石像《せきぞう》が、頂上《ちょうじょう》までの距離《きょり》を教《おし》えてくれる。

「千貫森《せんがんもり》は磁場《じば》が強《つよ》いからね。その影響《えいきょう》で方位磁石《ほういじしゃく》の針《はり》が定《さだ》まらない場所《ばしょ》が随所《ずいしょ》にあるんだ」

未知人《みちと》の言葉《ことば》に、方位磁針《ほういじしん》をたしかめたマコは、目を丸《まる》くする。

「わあ〜、ほんとだぁ〜！　磁石《じしゃく》の針《はり》がふらふらゆれてるぅ〜！」

「UFO《ユーフォー》が、なんでこの山にやってくるか知《し》ってる？　動力源《どうりょくげん》の磁気《じき》を補給《ほきゅう》するためだっていわれてるんだよ。**磁気《じき》エネルギーが満《まん》タンになるのは？　ジキになるさ**、てね」

豪《ごう》のビミョーなダジャレにも、マコはキャッキャと笑《わら》う。

本気で面白《おもしろ》がっているのか、気をつかってくれているのか、未知人《みちと》には判断《はんだん》がつかなかった。

山頂付近《さんちょうふきん》にさしかかると、ピンカラ石をしきつめた歩道《ほどう》があった。

ピンカラ石は、たたくと、ピンカラという音がする。

千貫森《せんがんもり》にある磁力《じりょく》を含《ふく》んだパワーストーンで、疲労回復《ひろうかいふく》などに効果《こうか》があるらしい。

豪《ごう》とマコは、ピンカラ石を何度《なんど》もたたいて、大はしゃぎだ。

その声《こえ》に興味《きょうみ》をそそられたのか、チラも未知人《みちと》のリュックの中から這《は》いだしてくる。

「チラ、チラチラ～♪」

「チラも、ピンカラ石に癒《いや》されるのかしら？」

「ピンカラ石のうえでまったりしてるチラの姿《すがた》、まるで温泉《おんせん》に浸《つ》かってるオッサンみたいだな」

マコと豪《ごう》は、ささやきあった。

そのとき、チラが突然《とつぜん》、後《うし》ろ足で立ちあがり、辺《あた》りを見回《みまわ》しはじめた。

次《つぎ》の瞬間《しゅんかん》、山頂《さんちょう》めがけて、勢《いきお》いよく走《はし》りだすチラ。

「おい、チラ、どうしたんだ⁉」

未知人《みちと》は、あわててチラを追《お》いかけていく。

豪《ごう》とマコも、あとに続《つづ》いた。

千貫森《せんがんもり》の山頂《さんちょう》には、『コンタクトデッキ』と呼《よ》ばれる展望台《てんぼうだい》のような場所《ばしょ》があった。

ＵＦＯ《ユーフォー》とコンタクトをするために設《もう》けられた場所《ばしょ》で、実際《じっさい》、そこからＵＦＯ《ユーフォー》を目撃《もくげき》した人も少《すく》なくないという。

今《いま》、そのコンタクトデッキのうえで、ひとりの青年が天を仰《あお》ぎながら、一心不乱《いっしんふらん》に祈《いの》りを捧《ささ》げていた。

「実花《みか》ちゃんに会《あ》わせてください……どうか……どうかお願《ねが》いします……」

そこに、チラがやってくる。どこか悲《かな》しげな顔《かお》をした青年に、チラは駆《か》けよると、「チラチラ〜」と鳴《な》きながら、その足もとに頭《あたま》をすりよせた。

「えっ……ボクのこと慰《なぐさ》めてくれるの？」

チラを抱《だ》きあげながら、青年はつぶやく。

「それにしても……みかけない生《い》き物《もの》だな。……ネズミ？　……ネコ？　……それとも、神様《かみさま》のお使《つか》いかな？」

そこに、未知人《みちと》、マコ、豪《ごう》の３人が、チラを追《お》って走《はし》ってきた。

「チラ！」

ふりかえった青年は、マコの顔《かお》をみるなり、声《こえ》を張《は》りあげる。

「み……実花《みか》ちゃん!?」

「えっ……？」

「あっ……いや、すいません。人ちがいでした」

青年は、そういって、バツが悪《わる》そうに頭《あたま》をかいた。

「先ほどは失礼《しつれい》いたしました。あの……ミステリーガイド・ゴウさんですよね？」

「あ、うん。そうだけど……」

「実《じつ》はボク、こういう者《もの》でして……」

青年は、豪《ごう》に名刺《めいし》を差《さ》しだしてきた。

名刺《めいし》には『**ＵＦＯ研究家《ユーフォーけんきゅうか》　夢路《ゆめじ》タカオ**』と記《しる》されている。

「ＵＦＯ研究家《ユーフォーけんきゅうか》？」

「はい。日本《にほん》や世界《せかい》のＵＦＯ《ユーフォー》多発地帯《たはつちたい》を回《まわ》って、ＵＦＯ《ユーフォー》の研究《けんきゅう》をしてるんです。住《す》んでいるのは、ここ、福島県飯野町《ふくしまけんいいのまち》で、これでも地元《じもと》では、わりと有名《ゆうめい》なほうでして……」

タカオは、そういうと、人なつこそうな笑顔《えがお》をうかべた。

「あのう……さっき私《わたし》の顔《かお》をみて、『実花《みか》ちゃん』っておっしゃってましたけど……誰《だれ》なんですか?」

マコが尋《たず》ねると、タカオは急《きゅう》に悲《かな》しそうな表情《ひょうじょう》になった。

「実花《みか》ちゃんは、ボクの幼《おさな》なじみで……初恋《はつこい》の人だったんです。今《いま》から10年前《まえ》、中学1年のときに、この山で行方不明《ゆくえふめい》になってしまって……」

「……行方不明《ゆくえふめい》? ひょっとして、UFO《ユーフォー》にさらわれたとか?」

豪《ごう》が問《と》いかけると、タカオはうつむきながら、うなずいた。

「……はい。その通《とお》りです。誰《だれ》も信《しん》じてくれませんけど……」

未知人《みちと》と豪《ごう》は、息《いき》を飲《の》み、顔《かお》を見合《みあ》わせる。

一同《いちどう》は、しばし黙《だま》りこんでいたが、沈黙《ちんもく》を破《やぶ》って、マコがいった。

「もしかして……その実花《みか》さんって人、私《わたし》に似《に》てるんですか?」

「ええ、そうなんです」

タカオは、ポケットから、実花《みか》の写真《しゃしん》をとりだし、3人にみせた。

「うーん、これは……」

「たしかに似《に》てるといわれれば、似《に》てるけど……」

写真《しゃしん》の実花《みか》は、ポニーテイルで、大きな目をしていた。特徴的《とくちょうてき》にはマコに似《に》ているが、よくよくみると、鼻《はな》や口の形《かたち》がマコとは微妙《びみょう》に違《ちが》っている。

「はは、よくみると別人《べつじん》ですよね。……すいません。ポニーテイルの女の子をみると、ついつい実花《みか》ちゃんが帰《かえ》ってきてくれたんじゃないかとか思《おも》っちゃって……実花《みか》ちゃんは、仮《かり》に生きていたとしても、ボクと同《おな》じ23歳《さい》になっているはずだし、中学生のまんまだなんてあり得《え》ないのに……」

「あの……よかったら、くわしく話《はな》してくれませんか？」

「……え？」

「実花《みか》さんがいなくなったときのこと……思《おも》いだすのはつらいかもしれませんが、どうしても知《し》りたいんです」

未知人《みちと》の真剣《しんけん》なまなざしに、タカオは少《すこ》し驚《おどろ》いたようだ。

少《すこ》し間《ま》をおいてから、意《い》を決《けっ》したように話《はな》しだす。

「今《いま》から10年前《まえ》、実花《みか》ちゃんとボクは、中学校の同級生数人《どうきゅうせいすうにん》と、この山に登《のぼ》ったんです」

10年前《まえ》、当時《とうじ》、中学生だったタカオたちは、千貫森《せんがんもり》にやってきた。子《こ》どものころから何度《なんど》も訪《おとず》れている千貫森《せんがんもり》は、タカオたちにとっては庭《にわ》のようなもので、道《みち》に迷《まよ》うことなどありえなかった。

しかし、その日は違《ちが》った。

山頂《さんちょう》にむかう途中《とちゅう》で何度《なんど》も道《みち》に迷《まよ》い、気がつくと、日が暮《く》れかけていた。

しばらくして、後《うし》ろを歩《ある》いていた実花《みか》が、突然《とつぜん》、こんなことをいいだした。

「誰《だれ》かにみられているような気がする……」

何者《なにもの》かの視線《しせん》を感《かん》じると、実花《みか》はいう。

そして、みえない何《なに》かに怯《おび》えはじめた。

「いやっ、こないで！」

何《なに》もない空間《くうかん》にむかって、実花《みか》はさけび声《ごえ》をあげると、次《つぎ》の瞬間《しゅんかん》、山頂《さんちょう》の方角《ほうがく》にむかって駆《か》けだしていったという。

タカオたちは、あわてて追《お》いかけたが、途中《とちゅう》で実花《みか》を見失《みうしな》ってしまった。

実花《みか》を捜《さが》して、タカオたちは山頂《さんちょう》までやってきたという。

このとき、日はすでに暮《く》れていたが、空はやたら明《あか》るかった。

上空に、まばゆい光《ひかり》を放《はな》つ巨大《きょだい》な何《なに》かがあったのだ。

耳をつんざくような音も聞《き》こえていたらしい。

すさまじい音と光《ひかり》に、タカオと同級生《どうきゅうせい》たちは、気を失《うしな》って倒《たお》れてしまったという。

気がついたとき、辺《あた》りはすっかり夜《よる》になっていたのだった。


「その後《ご》、ボクたちは、駆《か》けつけてきた捜索隊《そうさくたい》に救助《きゅうじょ》されて無事《ぶじ》でした。でも、実花《みか》ちゃんだけは、どうしてもみつからなくて……」

タカオと同級生《どうきゅうせい》たちは、自分《じぶん》たちがみたことを、ありのままに警察《けいさつ》に話《はな》した。

しかし、警察《けいさつ》は、タカオたちの話《はなし》を信《しん》じてはくれなかったという。

その後《ご》、町をあげての大々的《だいだいてき》な捜索《そうさく》も行《おこな》われたが、実花《みか》は行方不明《ゆくえふめい》のまま、今《いま》に至《いた》っているらしい。

「ボクがUFO《ユーフォー》研究家《けんきゅうか》になったのは、実花《みか》ちゃんを捜《さが》すためなんです。あれ以来《いらい》、彼女《かのじょ》のことが頭《あたま》から離《はな》れなくて……。UFO《ユーフォー》のことに詳《くわ》しくなれば、何《なに》か手がかりが得《え》られるんじゃないかって……まあ、一縷《いちる》の望《のぞ》みってやつですけどね」

タカオの話《はなし》は、未知人《みちと》の母親《ははおや》がいなくなったときの状況《じょうきょう》にもよく似《に》ていた。

未知人《みちと》は、身《み》につまされるものを感《かん》じた。

◆　◆　◆

タカオといっしょに山をおりた未知人《みちと》たちは、これから地元《じもと》の同窓会《どうそうかい》にいくというタカオと別《わか》れ、『**UFO**《ユーフォー》**ふれあい館**《かん》』に立ちよった。

館内《かんない》には、ミステリーゾーンや、３D《ディー》バーチャルシアターなどもあって、とても楽《たの》しめる場所《ばしょ》だった。

しかし、タカオの話《はなし》が頭《あたま》から離《はな》れない。

レストランで食事《しょくじ》をしながらも、一同《いちどう》はしんみりムードだった。

「なんだか、胸《むね》にしみる味《あじ》だねえ……」

地元名物《じもとめいぶつ》の『ピンカラ石ラーメン』をすすりながら、豪《ごう》がつぶやく。

「タカオさん、父《とう》さんのファンだっていってたね」

「うん。そういってたな」

タカオは、あこがれの豪《ごう》を、地元《じもと》のUFO《ユーフォー》関連《かんれん》スポットに案内《あんない》したいといってきた。

タカオとあしたも会《あ》う約束《やくそく》を交《か》わしあって、一同《いちどう》はタカオと別《わか》れたのだ。

「まあ、今日《きょう》のところはUFO《ユーフォー》もみられなかったし、撮《と》れ高《だか》もイマイチだったからな。あしたの取材《しゅざい》に期待《きたい》するとしよう」

豪《ごう》は、そういうと、かわいた笑《わら》い声《ごえ》を漏《も》らした。

『UFO《ユーフォー》ふれあい館《かん》』をあとにした未知人《みちと》たちは、この日、宿泊《しゅくはく》する予定《よてい》になっていた旅館《りょかん》へとむかう。

急遽《きゅうきょ》、旅《たび》に参加《さんか》したマコは、部屋《へや》をとっていなかったので、2間続《まつづ》きの未知人《みちと》たちの部屋《へや》の1室《しつ》に泊《と》まることになった。

夕飯《ゆうはん》をすませると、豪《ごう》は飲《の》みにでかけてしまい、未知人《みちと》とマコは旅館《りょかん》に残《のこ》された。

（幼《おさな》なじみとはいえ、中学生の男女を旅館《りょかん》の部屋《へや》にふたりきりにして……父《とう》さんは何《なん》とも思《おも》わないのかな？）

マコを意識《いしき》して、未知人《みちと》は口数《くちかず》が少《すく》なくなる。

気詰《きづ》まりな時間《じかん》がしばらく流《なが》れたあと、コンコンというノックの音が聞《き》こえてきた。

（……誰《だれ》だろう？）

いぶかりながら、ドアをあけると、そこに立っていたのはタカオだった。

「あれ？　タカオさん、約束《やくそく》はあしたのはずじゃ……？」

「すいません……どうしても相談《そうだん》したいことがあって……」

タカオは、それだけいうと、部屋《へや》の中を見回《みまわ》し、未知人《みちと》に尋《たず》ねる。

「お父《とう》さんは？」

「今《いま》、でかけてるけど……」

「……そうですか」

タカオは、なぜだか、ひどく動揺《どうよう》していた。

しばし、うつむいて思案《しあん》したあと、意《い》を決《けっ》したように未知人《みちと》にいう。

「キミたちでも構《かま》いません。いっしょにきてもらえませんか？　ボクはもう、どうしたらいいのかわからなくて……自分《じぶん》の頭《あたま》がおかしくなったとしか思《おも》えないんです」

（……いったい、どうしたんだろう？）

未知人《みちと》は、いぶかりながら、タカオの顔《かお》を見返《みかえ》した。

タカオは、とにかくいっしょにきてほしいという。

豪《ごう》に書《か》きおきを残《のこ》し、部屋《へや》をでた未知人《みちと》とマコは、タカオの車である場所《ばしょ》へとむかう。

車を運転《うんてん》しながら、タカオは未知人《みちと》たちにきりだした。

「実《じつ》は……みつかったんですよ。行方不明《ゆくえふめい》になっていた実花《みか》ちゃんが……」

「えっ!?」

未知人《みちと》とマコは、驚《おどろ》いてタカオを見返《みかえ》す。

「でも、変《へん》なんです。実花《みか》ちゃんがいうには、自分《じぶん》は行方不明《ゆくえふめい》になんかなっていない、ずっと、この町にいたっていうんですよ……」

タカオによると、さっきまで参加《さんか》していた同窓会《どうそうかい》に、実花《みか》もきていたという。

「……ていうか、同窓会自体《どうそうかいじたい》が、実花《みか》ちゃんが経営《けいえい》するカフェで行《おこな》われたんです。同窓《どうそう》会《かい》には、千貫森《せんがんもり》に一緒《いっしょ》にいったメンバーも参加《さんか》していたんですけど……不思議《ふしぎ》なことに、みんな、実花《みか》ちゃんは行方不明《ゆくえふめい》になんかなっていない、ずっとこの町にいたっていうんですよ」

タカオが未知人《みちと》たちを連《つ》れてむかおうとしているのは、実花《みか》が店長《てんちょう》をしているカフェだった。

実花《みか》は数年前《すうねんまえ》にそのカフェを開店《かいてん》したといっているが、タカオは、そんなカフェが町にあること自体《じたい》、知《し》らなかったという。

「あら、タカオくん！」

未知人《みちと》やマコを連《つ》れてカフェにやってきたタカオをみて、実花《みか》は少《すこ》し驚《おどろ》いた顔《かお》でいった。

「えっ、どうしたの？　何《なに》か忘《わす》れ物《もの》？」

「いや、違《ちが》うけど……」

そう答《こた》えながら、タカオは、実花《みか》の顔《かお》を食《く》い入《い》るようにみつめた。

「さっきもいったけど……ボクは実花《みか》ちゃんのこと、ずっと捜《さが》してたんだよ」

「……って、またその話《はなし》？」

「キミが千貫森《せんがんもり》で行方不明《ゆくえふめい》になって以来《いらい》、捜《さが》し続《つづ》けてたんだ。何年《なんねん》も何年《なんねん》も……。だから、キミと再会《さいかい》できたことは、とてもうれしかった。でも、ずっとこの町にいたなんて……ボクには何《なに》が何《なに》やら……混乱《こんらん》してしまって……」

「もう、タカオくん、どうしちゃったのよぉ～？」

実花《みか》は、笑《わら》いながら、タカオにいいかえした。

「何度《なんど》もいってるけど、私《わたし》、千貫森《せんがんもり》にはいっていないし、行方不明《ゆくえふめい》になんかなってないよ」

「いや、だけど、ボクの記憶《きおく》では……」

「タカオくん、疲《つか》れてるんじゃない？　ごめん……今日《きょう》はもう店《みせ》じまいなの。その件《けん》に関《かん》しては、あしたまた、ゆっくり話《はな》そう」

実花《みか》にそういわれてしまったので、タカオたちは店《みせ》をでていくしかなかった。

「あーもう、どうなってるんだぁ〜⁉」

店《みせ》をでたタカオは、頭《あたま》を抱《かか》え、その場《ば》にしゃがみこんだ。

「実花《みか》ちゃんがいうように、ひょっとしたら彼女《かのじょ》は、行方不明《ゆくえふめい》になんかなってなかったのかな？　ボクの頭《あたま》がどうかしてただけで……」

そんなタカオに、未知人《みちと》はいった。

「オレは、タカオさんの話《はなし》を信《しん》じます。実花《みか》さんには、きっと何《なに》か秘密《ひみつ》があるはず……」

「……秘密《ひみつ》？　もしかして……あの実花《みか》ちゃんはニセモノとか？」

「いや、そうは思《おも》いません。さっき会《あ》った実花《みか》さんには、写真《しゃしん》の中学生の実花《みか》さんの面《おも》影《かげ》がありました」

「だよね？　ボクもアレは絶対《ぜったい》、実花《みか》ちゃんだって思《おも》ったんですよ。だから、よけいワケがわからなくて……」

「彼女《かのじょ》のことを、少《すこ》し探《さぐ》ってみませんか？」

未知人《みちと》たちは、しばらくカフェの近《ちか》くに身《み》をひそめ、実花《みか》が後片付《あとかたづ》けをおえてでてくるのをまった。

しばらくしてカフェからでてきた実花《みか》は、店《みせ》の駐車場《ちゅうしゃじょう》に停《と》められたミニクーパーに乗《の》ると、どこかにむかって車を走《はし》らせていく。

未知人《みちと》とマコも、タカオが運転《うんてん》する車に乗《の》りこみ、実花《みか》のあとを追《お》った。

◆
◆
◆

実花《みか》がやってきたのは、千貫森《せんがんもり》だった。

『ふれあいUFO館《ユーフォーかん》』の駐車場《ちゅうしゃじょう》に車を停《と》めると、『UFO道《ユーフォーどう》』にむかって歩《ある》いていく。

そして、明《あ》かりもない山道《やまみち》を懐中電灯《かいちゅうでんとう》で照《て》らすこともなく、スタスタと登《のぼ》りはじめたのだった。

未知人《みちと》たちも、スマホのライトで辺《あた》りを照《て》らしながら、必死《ひっし》で実花《みか》のあとを追《お》う。

歩《ある》きながら、タカオは不安《ふあん》げにつぶやいた。

「どこへいくつもりなんでしょう？」

「さあ……とにかく、あとをつけていくしか……」

そう答《こた》えた未知人《みちと》の顔《かお》にも、不安《ふあん》が広《ひろ》がっている。


ヴーン、ヴーン……。


常人離《じょうじんばな》れした聴覚《ちょうかく》をもつ未知人《みちと》の耳には、タカオやマコにはきこえない、かすかな音がきこえていたのだ。

それは、ナゾの光《ひかり》が現《あらわ》れるとき、決《き》まってきこえてくるあの音——

母《はは》が行方不明《ゆくえふめい》になったときにもきこえていた、あの音だった。


実花《みか》がやってきたのは、千貫森《せんがんもり》の山頂《さんちょう》だった。

コンタクトデッキのうえに立った実花《みか》は、何《なに》かをまつように、空をみあげている。

その姿《すがた》を、未知人《みちと》たちはデッキの下《した》で、息《いき》を殺《ころ》し、みつめていた。

やがて夜空《よぞら》には、一点《てん》の白い光《ひかり》が現《あらわ》れた。

光《ひかり》は、徐々《じょじょ》に近《ちか》づいてきて、どんどん大きくなる。


ヴーン、ヴーン……。


それにつれて、あの音も大きくなっていったのだった。

やがてコンタクトデッキの上空は、巨大《きょだい》な光《ひかり》に覆《おお》われた。

光《ひかり》と轟音《ごうおん》を放《はな》つ物体《ぶったい》が、実花《みか》をさらっていきそうな距離《きょり》に迫《せま》る。

「実花《みか》ちゃん！」

タカオは、みていられなくなったのか、実花《みか》の名をさけびながら、コンタクトデッキのうえに駆《か》けあがっていった。

「タカオさん！」

未知人《みちと》とマコも、タカオのあとを追《お》い、デッキに駆《か》けあがる。

「実花《みか》ちゃん、いっちゃダメだ！」

タカオは、さけび、実花《みか》の腕《うで》をつかんだ。

すると、後《うし》ろ姿《すがた》の実花《みか》がふりかえる。
その瞬間《しゅんかん》——タカオは息《いき》を飲《の》んだ。

「えっ……実花《みか》ちゃんじゃない⁉　誰《だれ》だ、おまえは⁉」

「幻《げん》……」

がく然《ぜん》としながら、未知人《みちと》はつぶやく。
ふりかえった実花《みか》の顔《かお》は、幻《げん》だったのだ。
幻《げん》は、カッと目を見開《みひら》くと、その目をマコとタカオにむける。
その瞬間《しゅんかん》、ふたりは、糸のきれたあやつり人形《にんぎょう》のように、その場《ば》に倒《たお》れた。

「マコ！　タカオさん！」

「まだまだ、ショーはこれからだよ」

幻《げん》は、ニヤリとほほ笑《え》むと、倒《たお》れたマコに、人さし指《ゆび》をむけた。
すると、マコの体《からだ》は、まるで魔法《まほう》にでもかかったかのように、ふわりと宙《ちゅう》にうく。

「やめろっ！　マコを連《つ》れていくなっ！」

未知人《みちと》は、マコに駆《か》けよると、ういたその体《からだ》にしがみついた。しかし……。

「ううっ……！」

幻《げん》の両手《りょうて》が未知人《みちと》の首《くび》にかかり、背後《はいご》から、その首《くび》をじわじわと絞《し》めはじめた。

「ふふ……安心《あんしん》しろ。キミを殺《ころ》したりはしないよ。未知人《みちと》……キミが苦《くる》しむ姿《すがた》を、もっともっとみていたいからね」

「幻《げん》……おまえの目的《もくてき》はいったい……」

「キミは友《とも》を失《うしな》い、親《おや》を失《うしな》い、ひとりぼっちになって、悲《かな》しみ、もがきながら、生き続《つづ》けるんだ。この世《よ》がおわるその日まで……」

「オレを苦《くる》しめる……ただそれだけのために、マコをさらおうというのか？　タカオさんのことまで利用《りよう》して……」

未知人《みちと》は、かすれた声《こえ》でつぶやく。

幻《げん》に対《たい》する怒《いか》りが、心《こころ》の底《そこ》から、わきあがってきたのだった。

しかし、未知人《みちと》の意識《いしき》は徐々《じょじょ》に薄《うす》れていった。

その体《からだ》から、力がぬける。

（……もうダメだ……マコ、守《まも》れなくてごめん……）

未知人《みちと》は、マコに覆《おお》いかぶさるようにしながら、その場《ば》にドサリと倒《たお》れる。

——そのときだった。


「うわあああああっ‼‼」


突然《とつぜん》、幻《げん》の悲鳴《ひめい》が響《ひび》いた。

その声《こえ》に、未知人《みちと》は意識《いしき》をとりもどす。

みると、幻《げん》の頭《あたま》には、チラがしがみついていた。

「チラ、おまえ……」

チラは、幻《げん》の頭《あたま》のうえから短《みじか》い腕《うで》をのばすと、その額《ひたい》をひっかく。

額《ひたい》にできた傷《きず》からは、ツツーと血《ち》がにじみでた。

額《ひたい》に手をやった幻《げん》は、その手についた血《ち》をみて、恐怖《きょうふ》の表情《ひょうじょう》をうかべる。

「なんだ、コイツは⁉　いまいましいやつめ！」

幻《げん》は、そうさけぶなり、渾身《こんしん》の力でチラを払《はら》いのけた。

「このボクに歯向《はむ》かえる生《い》き物《もの》がいたなんて……いったいコイツは何《なん》なんだ⁉　ただのチンチラじゃないな！」

狼狽《ろうばい》しながらさけぶ幻《げん》。

「チラとは、キリストの墓《はか》で出会《であ》ったんだ」

「キリストの墓《はか》⁉」

幻《げん》の顔《かお》が一瞬《いっしゅん》、ゆがむ。

次《つぎ》の瞬間《しゅんかん》、幻《げん》の姿《すがた》はその場《ば》からきえ、同時《どうじ》に空を覆《おお》っていた光《ひかり》もきえさった。


気を失《うしな》っていたマコとタカオは、しばらくして目をさます。

「……あれ？　なんでこんなところにいるの？」

タカオは、記憶《きおく》をけされてしまったようで、幻《げん》が化《ば》けた実花《みか》に会《あ》ったことすら覚《おぼ》えていなかった。

マコも同様《どうよう》で、未知人《みちと》と千貫森《せんがんもり》の頂上《ちょうじょう》にきたところまでは覚《おぼ》えていたが、そのあとのことは何《なに》も記憶《きおく》にないという。

「ねえ、未知人《みちと》、私《わたし》に何《なに》があったの？」

「何《なに》もない……何《なに》もなかったんだよ……」

未知人《みちと》は、そう答《こた》えるなり、マコをギュッと抱《だ》きしめた。

その瞳《ひとみ》には、涙《なみだ》がにじんでいた。

エピローグ

「こりゃあ……とんでもないことになるぞ……」

豪《ごう》は自宅《じたく》の書斎《しょさい》でワナワナと身《み》を震《ふる》わせた。

その手には、ゲイト氏《し》からの手紙《てがみ》が握《にぎ》られている。

普段《ふだん》の調査依頼《ちょうさいらい》であればメールでやりとりをおこなっているのだが、たまに超《ちょう》がつくほどの重要《じゅうよう》な資料《しりょう》がおくられてくるときは手紙《てがみ》という手段《しゅだん》を用《もち》いている。

ネットを通《つう》じた電子《でんし》メールより、アナログのほうが案外安全《あんがいあんぜん》なこともあるからだ。

先日、千貫森《せんがんもり》で幻《げん》に遭遇《そうぐう》した際《さい》、チラが彼《かれ》の額《ひたい》をひっかいて傷《きず》をつけた。

豪《ごう》は、そのときチラの爪《つめ》についた幻《げん》の皮膚片《ひふへん》をゲイト氏《し》におくっていた。

DNA《ディーエヌエー》を解析《かいせき》すれば幻《げん》の正体《しょうたい》に迫《せま》れるかもしれないと考《かんが》えたからだ。

その結果《けっか》が、この手紙《てがみ》に書《か》いてある。

「ただいま」

未知人《みちと》が学校から帰《かえ》ってきた。豪《ごう》は慌《あわ》てて書斎《しょさい》をとびだし、1階《かい》の玄関《げんかん》へと駆《か》けおりていく。

「みみみ、未知人《みちと》！　大変《たいへん》だ！」

「なんだよ、父《とう》さん」

「これ！　みてみろ！」

未知人《みちと》は豪《ごう》に差《さ》しだされた手紙《てがみ》を受《う》けとると、書《か》いてある英文《えいぶん》に目を走《はし》らせる。

そして目を見開《みひら》いた。

その反応《はんのう》をみた豪《ごう》が早口でまくし立てる。

「おまえ、シュメール人《じん》がハイブリッドだったかもしれないっていう話《はなし》は覚《おぼ》えてるよな⁉」

「ああ。アヌンナキが自分《じぶん》たちの遺伝子《いでんし》を44万《まん》5千年前《せんねんまえ》の原人《げんじん》に混《ま》ぜたっていう。でも、この解析結果《かいせきけっか》は……」

「そう。現代人《げんだいじん》のDNA《ディーエヌエー》と、地球上《ちきゅうじょう》には存在《そんざい》しない生物《せいぶつ》のDNA《ディーエヌエー》が混《ま》ざっている。つまり幻《げん》は、今《いま》の地球人《ちきゅうじん》と地球外生命体《ちきゅうがいせいめいたい》のハイブリッドなんだ！」

この事《こと》の重大《じゅうだい》さは未知人《みちと》もすぐに察《さっ》する。

豪《ごう》がこんなにうろたえるのも仕方《しかた》がない。

幻《げん》の存在《そんざい》によって地球外生命体《ちきゅうがいせいめいたい》の存在《そんざい》が証明《しょうめい》された——。

もしこの事実《じじつ》が世《よ》に知《し》られれば、世界中《せかいじゅう》で大きな混乱《こんらん》が生まれるだろう。

幻《げん》は未知人《みちと》たちと敵対《てきたい》しているため、人類《じんるい》の敵《てき》であるともいえるが、恐怖《きょうふ》する者《もの》、反抗《はんこう》しようとする者《もの》だけでなく、懐《ふところ》に入りこもうとする者《もの》も現《あらわ》れるかもしれない。

世界《せかい》は、人類《じんるい》は、一枚岩《いちまいいわ》ではないのだ。

最悪《さいあく》、これがきっかけで世界中《せかいじゅう》が戦争《せんそう》となる可能性《かのうせい》さえある。

未知人《みちと》は恐《おそ》る恐《おそ》る豪《ごう》に尋《たず》ねる。

「これ……ゲイトさんはどうするって?」

「発表《はっぴょう》は控《ひか》えるらしい。もちろん、当分《とうぶん》はアメリカ大統領《だいとうりょう》やバチカンにも」

「だよな……ただ、この手紙《てがみ》……ゲイトさんは何《なに》を考《かんが》えているんだ……?」

未知人《みちと》が目をおとすと、文末《ぶんまつ》には
『人類《じんるい》の次《つぎ》なる進化《しんか》の日は近《ちか》い』

と記《しる》され、手紙《てがみ》は締《し》めくくられていた。

【5巻《かん》につづく】

作 木滝りま　きたき・りま（執筆：1章、3章、5章）

茨城県出身。小説家、脚本家。児童書の作品に「科学探偵 謎野真実」シリーズ（朝日新聞出版）、『世にも奇妙な物語 ドラマノベライズ 恐怖のはじまり編』（集英社）、「みんなから聞いたほっこり怖い話」シリーズ（岩崎書店）など。脚本作品にドラマ「カナカナ」「念力家族」「ほんとにあった怖い話」、アニメ「スイートプリキュア♪」など。

作 太田守信　おおた・もりのぶ（執筆：プロローグ、2章、4章、エピローグ）

立教大学文学部ドイツ文学科卒業。小説家、脚本家、演出家、俳優。漫画「ブルペンキャッチャー真壁満人」（ホーム社）原作、「～はんなり京都～お通り男史浄化古伝」（双葉社）小説構成、「行ってはいけない世界遺産」（花霞和彦・著、CCCメディアハウス）リサーチ協力、ドラマ「ダ・カーポしませんか？」脚本協力など。他、舞台脚本多数。

絵 イノオカ

群馬県出身。イラストレーター。キャラクターデザイン、キービジュアル、スチルイラスト等、X、Tumblrにて随時更新中。

キャラクター原案　先崎真琴
装丁・本文フォーマット　みぞぐちまいこ（cob design）
協力　& REAM,Inc.
写真出典
表紙 ,p6-7,p 17 PlanetUser, CC BY-SA 4.0
p 28 M.Lubinski from Iraq,USA., CC BY-SA 2.0
p 30 ALFGRN, CC BY-SA 2.0
p 32 Amjedha95, CC BY-SA 4.0
p 33 Amjedha95, CC BY-SA 4.0
p 43 Osama Shukir Muhammed Amin FRCP(Glasg), CC BY-SA 4.0
表紙 ,p6-7,p 49,p60-61 AdventureDriver, CC BY-SA 4.0
p55 Kieron Thwaites, CC BY-SA 2.0
p57 Luke Comins, CC BY-SA 3.0
p61 Dinasaurus, CC BY-SA 3.0
p7,p94-95 Prisencolinensinainciusol, CC BY-SA 3.0

セカイの千怪奇 ④惑星ニビルとシュメール人

2024年12月31日　第1刷発行

作　者　　木滝りま　太田守信
画　家　　イノオカ
発行者　　小松崎敬子
発行所　　株式会社　岩崎書店
〒112-0014　東京都文京区関口2-3-3 7F
電話　03-6626-5080（営業）
03-6626-5082（編集）
印刷・製本　三美印刷株式会社

NDC 913
ISBN 978-4-265-82104-4

Published by IWASAKI Publishing Co., Ltd. Printed in Japan　19 × 13cm
ご意見ご感想をお寄せください。　E-mail　info@iwasakishoten.co.jp
岩崎書店ホームページ　https://www.iwasakishoten.co.jp
落丁本・乱丁本は小社負担にておとりかえいたします。